SAMUCA
e seus GRILOS NA CUCA

Jonas Ribeiro

SAMUCA
e seus GRILOS
NA CUCA

Ilustrado por Marcio Levyman

Dados Internacionais de Catalogação na Publicação (CIP)
(Câmara Brasileira do Livro, SP, Brasil)

> Ribeiro, Jonas
> Samuca e seus grilos na cuca / Jonas Ribeiro; ilustrado por Marcio Levyman. São Paulo: Editora do Brasil, 2010. – (Coleção Tempo de literatura)
>
> ISBN 978-85-10-04912-2
>
> 1. Literatura infantojuvenil I. Levyman, Marcio. II. Título. III. Série.
>
> 10-09246   CDD-028.5

Índices para catálogo sistemático:
1. Literatura infantojuvenil   028.5
2. Literatura juvenil   028.5

© Editora do Brasil S.A., 2010
Todos os direitos reservados

Texto © Jonas Ribeiro
Ilustrações © Marcio Levyman

Direção-geral
Vicente Tortamano Avanso
Direção adjunta
Maria Lucia Kerr Cavalcante de Queiroz

Direção editorial	Cibele Mendes Curto Santos
Edição	Felipe Ramos Poletti
Coordenação de artes e editoração	Ricardo Borges
Coordenação de revisão	Fernando Mauro S. Pires
Assistência editorial	Erika Alonso e Gilsandro Vieira Sales
Revisão	Enymilia Guimarães
Design	Janaína Lima
Controle de processos editoriais	Marta Dias Portero

1ª edição / 11ª impressão, 2025
Impresso na Forma Certa Gráfica Digital

Avenida das Nações Unidas, 12901
Torre Oeste, 20º andar
São Paulo, SP – CEP: 04578-910
Fone: + 55 11 3226-0211
www.editoradobrasil.com.br

*Para Elisabete Kawano.
Pela sua sagacidade e doçura.*

1

> ### Ficha técnica 1
> Samuel (Samuca), 14 anos, estudante, 9º ano, adora nadar, ver TV e navegar na internet. Vive grilado, questionando tudo. Seus grilos e sua timidez só desaparecem quando está nadando. Torce pelo São Paulo (time que herdou do avô paterno paulistano) e pelo Gama (time que adotou em Brasília).

O meu nome é Samuel, mas todos me chamam de Samuca, até em casa.

Engraçado como pega esse negócio de apelido! Acho que se alguém gritar meu nome na rua é capaz de eu nem olhar. Agora, se eu ouvir meu apelido, atendo na hora.

Acho que gosto de quem sou. Claro que, às vezes, dá vontade de ser completamente diferente. Seria o máximo se pudesse fazer uma lista das características que gostaria de ter e, num passe de mágica, aparecer sem espinhas nas costas e sem nenhum grilo na cuca. Entraria numa máquina com milhares de botões e manivelas, só para sentir que saí transformado. Mas por que estou pensando em tudo isso?

Devem ser os grilos interferindo outra vez nos meus pensamentos, nas minhas decisões. Será que nunca terei paz? Quero ir para um lado e vou para o outro. Quero escolher uma bermuda vermelha e digo que vou ficar com a azul. Eu seria o cara ideal para criar uma teoria dos contrários. Mas o que preciso é arranjar um jeito de acabar com os grilos que aparecem nas horas mais impróprias. Dá vontade de esmagá-los, um por um.

Passo horas vendo TV e navegando. Talvez, se fosse menos envergonhado, sobraria pouco tempo para a TV e a internet. Meu pai implica justamente com isso. Diz que eu deveria sair mais. Impressionante como minha mãe é idêntica! É a réplica feminina de meu pai. Quando ela se senta ao meu lado para ver TV, fica resmungando, e só porque pulo de um canal para outro até encontrar algo interessante. A sorte é que nado umas três vezes por semana, senão os dois cairiam matando em cima de mim. Sorte mesmo, porque os pais do Adriano estabeleceram horários para ele navegar e assistir ao que gosta. Ele fala que sou televisivo, mas acho que, se ele pudesse, seria muito mais que eu.

Ficha técnica 2

Adriano, melhor amigo do Samuca, 14 anos, estuda na mesma classe que o amigo, curte ver TV e fala pelos cotovelos. Vive sem grilos. Seu lema: deixe para depois o que é chato fazer agora. Torce pelo Flamengo (time do coração, que trouxe do Rio) e pelo Brasiliense (que adotou em Brasília).

Na verdade, não consigo imaginar um mundo sem tecnologia. Já pensou morar no meio do mato sem nem mesmo um celular? O que eu ficaria fazendo? Nada, absolutamente nada. Ficaria olhando para o verde? Era só o que me faltava: ficar olhando para as montanhas o tempo todo. É a mesma coisa que ficar olhando para uma toalha verde amassada no meio da cama. Sem falar que o verde não anuncia propagandas espetaculares e muito menos oferece cupons para concorrer a prêmios fantásticos. Tudo bem, eu exagero um pouco, porque, com uma tremenda piscina, encararia uns três ou quatro dias longe da civilização e dos amigos virtuais.

Ah! No ano passado, o Adriano preencheu o cupom de uma marca de chocolate e enviou para o meu programa de televisão preferido. A carta foi sorteada. Ele ganhou um celular que filma, fotografa e grava conversas, e também um *laptop* com tela da espessura de um lápis, levíssimo, e com DVD, uma tremenda memória e muitos jogos. Dois prêmios! Queria ter a sorte dele. E o dia do sorteio, então? Havia uma montanha com milhares de cartas e justo a dele foi sorteada. Incrível! Ele ficou frente a frente com o Lourival Sensacional. Acho que é a isso que chamam de nascer com a estrela na testa.

Outro dia, o Adriano chegou pra mim com um jeito todo misterioso e disse que ia me contar um segredo, que eu não comentasse nada com ninguém. Fez um baita suspense para me falar que era sobrinho do Lourival Sensacional. Quase morri de rir. Até parece... Impossível! Não que eu não acredite no Adriano. É que ele tem umas alucinações bem engraçadas! Ainda por cima, ficou rindo da minha cara, falou que um dia eu ainda teria uma surpresa.

Já que toquei no assunto do Lourival Sensacional, quero contar um pouco sobre o programa "Acabe de vez com a sua timidez". É um programa bom demais. Mistura entrevistas e música. Eles passam os clipes que tenho vontade de ver. Acho que eles adivinham. Mas não sou nem louco de contar na escola que o vejo. Não que eu ache o programa bobo. Sei lá... Alguém pode dizer que sou tímido e que nunca vou conseguir vencer essa timidez. Para não correr esse risco, fico calado e acho até que um monte de gente da escola também assiste ao programa e não tem coragem de contar.

Ficha técnica 3

Lourival Sensacional, 32 anos, apresentador de TV, todo galã, tem um sorriso cativante, uma casa maravilhosa com piscina, um carro zero, uma namorada muito gata e, ainda por cima, tem coragem de falar o que pensa. Quando nasceu, em São Paulo, no bairro da Mooca, já na maternidade vestiu a camisa do Palmeiras, por unanimidade e vontade familiar. Ao se mudar para Brasília, levou o time do coração e elegeu também o Brasiliense.

Meus pais dizem que estou dando muita trela para um programa tolo e ingênuo. E que, fora dos estúdios, o Lourival também carrega uma tonelada de problemas nas costas, como qualquer pessoa. Minha mãe até brigou comigo. Disse que Lourival Sensacional é nome artístico. Duvido e pago pra ver. Lourival Sensacional é um nome que faz todo o sentido do mundo! Sei que acredito nele e pronto.

Mas será que o nome do Lourival não é esse? Será que minha mãe pode estar certa? Já comecei a grilar outra vez. Melhor desencanar e mudar de canal. Tchau!

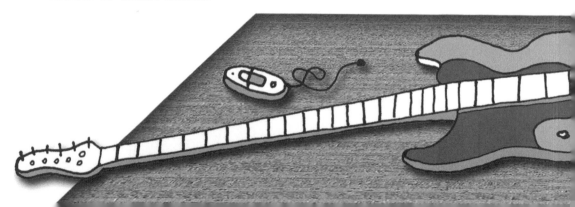

2

Outro dia, o programa tratou da insatisfação que o adolescente tem com seu corpo. Que há muita gente desengonçada se achando grande ou pequena demais. E que uma espinha no rosto da gente pode virar um vulcão, uma cratera imensa, e que é a gente que aumenta o tamanho de tudo. Uma projeção que fazemos inconscientemente. Que, na verdade, as pessoas nem acham uma espinha tão grande assim. Mas quem, como eu, tem espinhas nas costas sente que está horroroso, pavoroso, um monstro. Pensa que nunca mais na vida vai poder tirar a camiseta na frente de alguém. Entendo muito bem desse assunto. Acho que foi por essa razão que passei a andar um pouco encurvado, com os ombros pra frente. Sei que preciso corrigir a postura, mas é tanta coisa pra fazer que nem imagino por onde começar. E olha que minha mãe é dermatologista! Poderia muito bem lhe pedir ajuda, mas até na frente dela fico meio sem jeito de tirar a camiseta.

Ficha técnica 4

Samara, mãe do Samuca, 38 anos, dermatologista, gosta tanto de orquídeas que montou um orquidário no quintal. Tem verdadeira adoração pelo marido. Uma mulher suave. Quando podem, ela e o marido viajam para curtir a natureza. Nasceu em Porto Alegre e conheceu o marido em São Paulo. A exemplo de seus pais e avós, torce pelo Inter. Como o marido não conseguiu convencê-la a torcer pelo São Paulo, ela aceitou vestir a camisa do Gama, time do marido e do filho em Brasília.

Até bem pouco tempo, estava tudo bem comigo. Nadava numa boa, sem nenhum pingo de vergonha, mas, de repente, minhas costas se encheram de cravos e espinhas. Até andei faltando a algumas aulas. Não dá pra faltar sempre. Sei lá, às vezes, quando vou ao clube e vejo a piscina, a alegria da turma, não quero saber de mais nada e paro de grilar. Quando estou em casa, não quero ir à natação. E, quando chego ao clube, quero ficar na água o tempo todo. É um tal de quero e não quero, um desespero, uma baita confusão.

Será que o Lourival também grilava tanto assim quando tinha a minha idade? Para matar a curiosidade, entrei no *site* do programa para ver se encontrava algo sobre o passado do Lourival. Entender por que ele quis fazer um programa sobre timidez. Será que ele passou por alguma experiência traumática e, depois que melhorou, resolveu ajudar meio mundo? Mas nada descobri! O *site* traz apenas uma coluna social, matérias dos patrocinadores e notícias do último programa. Nem o *blog* do Lourival faz qualquer comentário sobre seu passado. Deixei pra lá. Aproveitei que estava navegando e baixei umas músicas agitadas no meu MP3. Quem sabe, dançando, mando a minha insegurança pra bem longe.

Pra falar a verdade, meu sonho é um dia sair por aí de bicicleta, só de bermuda e chinelo, sem me incomodar com quem está, ou não, vendo as minhas costas cheias de espinhas. Se uma garota souber desse meu sonho, vai me achar um babaca, um cara que nunca terá jeito ou conserto. Será que as garotas bonitas que se juntam para rir dos outros não grilam com nada? Acho difícil. Algum grilo elas devem ter.

Algumas dicas para acabar com os grilos e a timidez:

☺ dar soco em almofada;
☺ cantar no banho a plenos pulmões;
☺ gritar, rodar e assobiar;
☺ fazer ginástica com vontade, até suar bastante;
☺ conversar animadamente com o espelho;
☺ usar roupas de cores vibrantes, ou melhor, colocar a roupa mais brega do mundo e sair andando pela rua;
☺ falar palavrão por uns bons minutos;
☺ dançar pelado antes de se trocar;
☺ e andar a pé, sem relógio, celular ou carteira, sair mesmo só para passear, sem precisar fazer nada.

Meu pai é fogo! Parece que ele fica procurando um jeito de me provocar. Mesmo sabendo que jantará conosco, ele me enviou um e-mail do escritório, um convite todo formal para eu viajar a Pirenópolis com ele e a mamãe. Gosto desse jogo bobo. Ele sabe disso. E sabe também que as chances de eu não ir são de noventa e nove por cento. Mesmo assim, não desiste.

Está resolvido! Passarei as férias aqui em Brasília. Filmes, internet e, claro, os amigos reais e virtuais. Como sempre, meus avós virão de Taguatinga para ficar comigo e cuidar do orquidário. Já disse um milhão de vezes aos meus pais que não suportaria ficar olhando para tanto verde mais de uma semana. Os dois são persistentes e vivem repetindo que o melhor de uma viagem é jogar conversa fora, sem se importar com o assunto e com o tempo.

Também não quero ficar reclamando deles a todo momento. Eles têm muitas qualidades. Uma delas é não pegarem no meu pé. A outra é que posso ver TV de madrugada. Mas, se no dia seguinte tiver aula, eles não me deixam faltar. Dizem que tenho de arcar com as consequências de meus atos.

Ficha técnica 5

Rafael, pai do Samuca, 40 anos, economista, sabe a hora de ser firme e a hora de soltar, rir e falar abobrinha. É o falso tímido. Fala pouco, mas, quando está inspirado ou atacado, fala mais que a boca. Faz das tripas coração para agradar a esposa. Seus times são o São Paulo e o Gama. Tem esperança de convencer a esposa a deixar de torcer pelo Inter e passar para a torcida do São Paulo.

Esses dias, para provocá-los, para cutucar a onça com vara curta, perguntei aos meus pais que tipo de conversa é essa que se joga fora. Sabem o que ouvi? Conversas sobre a vida. Só o que me faltava: voltar das férias e contar aos meus amigos que passei dez dias jogando conversa fora e olhando montanha. Que mico! Bota mico nisso! É o mico do mico do mico. O pior de tudo é que os dois não ligam a TV da pousada, nem checam e-mails e ainda deixam os celulares desligados. Se a gente precisa dar algum recado, tem de deixá-lo na recepção; dá pra acreditar? Será que eu conseguiria passar por tamanha tortura?

3

O programa "Acabe de vez com a sua timidez" vai ao ar todas as terças, à tarde. E ontem foi demais. O Lourival falou sobre os mistérios da mente. A todo instante, ele olhava para a câmera com um olhar enigmático, fazia um silêncio revelador e retomava o assunto. Como é complexa a mente humana! A gente consegue apagar programações feitas no passado e reprogramar o futuro. Algo de arrepiar! Ele falava, exemplificava e pessoas bem-sucedidas davam depoimentos de como fizeram para virar a mesa.

Confesso que fiquei perturbado com o assunto. Até me sentei para escutar melhor. Tudo isso aconteceu na terça. Na quarta, porém, na hora da saída, eu e o Adriano estávamos nos despedindo, quando olhei pra frente e... Gelei! Era o Lourival Sensacional do outro lado da rua.

Em carne e osso. E acenando para nós.

> A mente humana guarda infinitos mistérios e poderes, um campo praticamente inexplorado.
>
> O consciente = a razão - pensamentos - o eu racional - o previsível
>
> O subconsciente = o coração - impulsos - o eu irracional - o imprevisível
>
> Uma vez programado ou reprogramado, o subconsciente age como um robô e obedece a todos os comandos. Transforma a timidez em coragem, a doença em saúde, a incapacidade em capacidade. A fênix renasce das próprias cinzas.

Nisso, algumas alunas do Ensino Médio cercaram o Lourival e pediram autógrafos, nas agendas e em suas blusas. Tiraram fotos e encheram-no de perguntas. Era mesmo o Lourival! Eu sabia que era. Quantos amigos ao meu lado notaram a presença do Lourival! Hum! Provavelmente também assistiam ao programa... Que maravilha! Eu não era o único. E eu que achei que o Adriano andava tendo alucinações. Nossa, que emoção! Será que eu estava delirando? O Adriano cortou meus pensamentos:

– Olha lá, Samuca! Meu tio!

– Seu tio coisa nenhuma! É o Lourival Sensacional! E na porta do colégio! Como ele está desarrumado. O que será que aconteceu com ele? Não pode ser, Adriano!

– Eu disse a você várias vezes que o Lourival é o meu tio Leonardo. Você sempre riu da minha cara. Nunca acreditou. Aí, eu deixei de falar. E depois, quando você cisma com...

– Mas não é possível!

– Ih, Samuca, esta história nem é tão difícil de entender! O tio Leonardo, que nada como peixe, dava aula de natação. Acontece que ele é muito impulsivo e gasta mais do que ganha. Ele não ganhava mal, mas foi se enrolando e precisou largar a...

Que fantástico! O Lourival também nada. Adriano não parava de falar. Eu não conseguia raciocinar. Adriano falava, falava... Parecia que eu estava assistindo a uma cena de cinema. Aquilo não podia estar acontecendo. E o Adriano falava. Eu já não ouvia mais nenhuma palavra. Estava no mundo da lua. Precisava voltar a ouvir o Adriano, saber se tudo era verdade ou se eu estava em órbita. Voltei. Era realidade o que via. Consegui escutar o que o Adriano dizia.

– ... e o problema não foi só grana, porque, mesmo ele nadando bem, não teve sucesso nas competições. Ficava nervoso toda vez que tinha de competir. Daí, um amigo produtor o convenceu de que ele devia aproveitar o carisma e a aparência na televisão. Foi quando os dois bolaram um programa pra gente insegura e desequilibrada.

– Que é isso, Adriano? O programa tem conteúdo! Mas não pode ser! Você deve estar inventando!

– Não estou, Samuca. Nem meu tio esperava que o trabalho na emissora fosse dar tão certo e deslanchar.

Fiquei atordoado, sem saber o que pensar. O tio do Adriano conseguiu sair daquele bolo de gente e atravessou a rua. Primeiro, ele cumprimentou o sobrinho.

– E aí, Adri?

– Que surpresa, tio!

– Quem é vivo sempre aparece.

– É que você nunca apareceu por aqui. Vive viajando para gravar.

– Para o seu conhecimento, agora estarei mais folgado e poderei aparecer outras vezes. Pedi as contas.

– O quê?!? Você pediu as contas? Saiu da emissora?

– Já deveria ter feito isso há muito tempo. Ninguém se deu conta porque ainda há mais um programa gravado e eles nada anunciaram. Estão procurando alguém para ficar no meu lugar. Mas não vamos falar sobre isso agora. E a aula? Foi boa?

– Foi...

Olhei com admiração e estranhamento para o Lourival. Quer dizer que ele não continuará a fazer o programa? E por que ele nunca disse no ar que era nadador? Por acaso há alguma vergonha em dizer que se é nadador?

> A prática regular da natação traz vários benefícios: condicionamento aeróbico, força e resistência musculares, flexibilidade, composição corporal, bem-estar, descontração e entrosamento. É um esporte para todas as idades.
>
> Tipos de nado: *crawl*, costas, peito, borboleta, *medley*, golfinho, o popular cachorrinho (com ou sem latidos) e tantos outros que o nadador possa inventar.

Aquilo tudo não podia estar acontecendo. O Lourival estava com a barba por fazer, usando chinelo de dedo e uma regata. Por incrível que pareça, gostei de vê-lo todo desarrumado, com roupa de ficar em casa. Claro que jamais esperava encontrá-lo assim. É que ele estava mais natural, nem sei se consigo explicar direito. O Leonardo deve ter percebido a minha confusão. Leonardo ou Lourival? Que situação...

– Tio, este é o Samuel. Pode chamá-lo de Samuca.

– Tudo bem, Samuca?

Não conseguia falar.

A voz estava presa.

Presa.

Presa!

O Adriano deu duas palmadas em meu ombro.

– Por que você está branco, Samuca?

Que desespero o de querer falar sem conseguir!

...

– Não sei, Adriano. Mas está tudo bem, Lourival...

Deu para perceber que o Leonardo, um pouco sem jeito, procurou as palavras certas para se dirigir a mim.

– Não, Samuca, o Lourival teve uma vida muito curta, ficou para trás.

– Quer dizer que você não era ele? Que não vai voltar a fazer o papel do Lourival Sensacional?

– Não.

– Não?

– Não, agora eu voltei a ser o Leonardo, em tempo integral.

Adriano achou melhor dar outro rumo para a conversa.

– Também não é o fim do mundo, Samuca. O tio Nardo encontrou um jeito de se divertir e ganhar um pouco mais de grana.

– Mas eu acreditava no Lourival...

Leonardo abaixou o olhar e eu continuei a falar.

– Nunca perdi um programa, assisti desde o primeiro. Sou, quer dizer, era o seu maior fã. Sei lá se sou ou se era... Agora entendi tudo! Muita coincidência a carta do sobrinho do apresentador ser justamente a sorteada! E o que você fez com os prêmios que ganhou, Adriano? Eram falsos ou...

Minha voz ficou presa outra vez. Vontade de conseguir falar tudo de uma vez e sair correndo dali. Que droga! Droga! Droga! Não queria sentir nada daquilo. Só faltava, depois de perder a voz, eu chorar na frente deles. Devia estar com cara de babaca. Nem havia razão para brigar com os dois. Estava descontrolado. Ainda bem que já não tinha tanta gente em frente ao colégio.

Adriano quis me dar uma satisfação. Se tivesse acreditado nele, nada disso estaria acontecendo. Como fui duvidar do meu melhor amigo?

– Tem razão, Samuca, você merece saber a verdade sobre os prêmios. Quis contar há muito tempo, mas você é teimoso como uma porta e ficou rindo de mim.

– Foi mal, Adriano. Estou um pouco confuso. Esta história de acreditar muito em alguém e esse alguém não ser quem a gente... Desculpe-me, Lourival, não deveria dizer todas essas coisas.

– Que é isso, Samuca? Acho que entendo o que você está sentindo.

– Melhor eu ir andando. Outra hora, Adriano, você me conta como foi o lance dos prêmios. Meus pais devem estar me esperando pra almoçar.

– Não quer que eu conte agora?

– Outra hora.

– Está bem, você que manda. Mas quer uma carona até sua casa?

– Vou a pé.

Adriano achou melhor não insistir. Deve ter percebido que eu fiquei bem grilado.

– Samuca, à tarde eu estarei em casa. Se você quiser me ligar...

– A gente se fala pelo Skype. Tchau.

– Tchau.

Leonardo nem teve cara de se despedir e abaixou o rosto para disfarçar. Afundou as mãos nos bolsos da bermuda, à procura da chave do carro.

Tomei o rumo de casa com um monte de grilos em meus ombros e ouvidos. Que estranho! Gostei de saber que o Leonardo é nadador. Ele até apertou a minha mão. Um cara legal mesmo. Ele bem que podia continuar o programa e voltar a dar aulas de natação. Uma coisa não tem nada a ver com a outra. Por que ele teve de parar de dar aula para ser apresentador? Eu poderia ao menos ter conversado um pouco mais com o Leonardo, contado que também nado e me despedido direito. Era para o Adriano ter ficado uma fera comigo por não ter acreditado nele. Até levou numa boa, nem ficou fazendo discurso. À tarde, ligarei para ele. Devo ter falado tanta besteira para o Leonardo! Será que vou me acostumar a chamar o Lourival de Leonardo, quer dizer, a não chamar o Leonardo de Lourival? E será que voltarei a vê-lo? Se ele não era quem eu sempre pensei, por que o programa me prendeu por tanto tempo? Tem muita coisa que quero descobrir, sobre mim e sobre o Leonardo.

4

À tarde, entrei no Skype e vi que o Adriano estava *on-line*. Fiz a chamada. Ele apareceu no vídeo e fui logo perguntando sobre os prêmios. Ele respondeu prontamente:

– Pois bem, fui à emissora receber os prêmios, mas, assim que saí da frente das câmeras, a assistente de produção me pediu de volta o *laptop* e o celular. Para não falar que não ganhei nada, eles me deram quinze tabletes do chocolate que estava patrocinando o programa. Fiquei tão nervoso ao gravar que, quando acabei, devorei os quinze na mesma hora. Nem preciso dizer que passei mal. Meu tio foi olhar as embalagens e verificou que a validade de todos estava vencida já fazia sete meses.

– E o seu tio não falou nada? Não reclamou com a produção?

– Se ele reclamasse, perderia o emprego. Sairia dali com uma mão na frente e a outra atrás. Então, ele foi até a padaria mais próxima e me comprou um chocolate dentro da validade. E foi o que aconteceu.

– Não é justo, Adriano.

– E você acha que há muita gente se preocupando com justiça no mundo?

Não respondi nada. Ele abaixou-se para pegar uma caneta.

– Só uma curiosidade, Adriano. Você comeu o chocolate que seu tio lhe comprou?

– Você está brincando comigo? Não queria nem ver mais chocolate na frente. Eu dei para a primeira criança que encontrei na rua.

Caímos na risada.

– Essas coisas só acontecem com você, Adriano. Ah! E o seu tio contava o que ia passar no próximo programa?

– Se eu perguntasse, acredito que ele teria contado, sem nenhum problema. Como eu, ao contrário de você, nem sempre assistia ao programa, a gente falava de outras coisas: mulheres, viagens e futebol, do nosso Brasiliense e dos nossos outros times.

– Sai pra lá, jacaré! Você sabe que torço pelo Gama!

– Ih, Samuca, ainda vou fazer a sua cabeça para você torcer pelo Brasiliense. Tudo bem que você nasceu em Taguatinga e tenha escolhido torcer pelo Gama, mas agora que você está morando no Plano, poderia muito bem...

– E eu lá sou homem de mudar de time? Espere sentado! Mas e aí, Adriano? Você vai viajar nestas férias?

– Vou. Para Sampa. Queria viajar com o tio Nardo, mas ele está enrolado, preocupado em arranjar outro trabalho. E você, Samuca? Está pensando em ir para algum lugar?

– Ficarei por aqui. Quero fazer...

A mãe do Adriano entrou gritando no quarto, para ele sair do computador e ir trocar uma lâmpada na sala. O quê? Nem esperei ele se despedir e pulei fora. Os grilos saltavam em minha cabeça. Como pude acreditar por tanto tempo na figura do Lourival Sensacional? No jantar, contei aos meus pais o que realmente tinha acontecido na saída do colégio. Nem minha mãe nem meu pai disseram que me haviam alertado sobre o Lourival. Eles respeitaram o meu desapontamento e preferiram comentar o assunto somente entre si.

No dia seguinte, várias garotas bonitas do Ensino Médio foram conversar comigo e com o Adriano. Queriam saber de onde conhecíamos o Lourival. O Adriano se achou o máximo, mas sabia que, mais dia, menos dia, todas viriam lhe perguntar os reais motivos da saída do Lourival da emissora.

Algumas teorias sobre garotas:

- as garotas sabem quando são bonitas ou muito bonitas;
- as garotas olham para os garotos sem que eles percebam, o que, às vezes, dá a impressão de que os garotos não são paquerados;
- a maioria das garotas aprecia garotos bem-apresentados, perfumados e que sabem conduzir uma conversa legal;
- cada garota é um universo e vê a vida de um jeito; enfim, um garoto pensa saber e dominar algumas teorias sobre as garotas, mas, no fundo, ele fica perdido diante de uma garota que desorganiza os seus pensamentos e revira o seu coração. É realmente impossível acreditar em toda e qualquer teoria sobre os desejos e as garotas.

Junho estava acabando; as últimas provas. Fechei todas as médias sem precisar fazer recuperação. Pela primeira vez, as férias me incomodaram. Para falar a verdade, não tive vontade de assistir ao último programa que o Leonardo tinha gravado. Por um lado, queria e não queria assistir. Estava me sentindo esquisito, sem vontade de ligar a TV. Bendito computador que salvou minha pátria! Por outro lado, era insuportável o silêncio que a TV desligada fazia. "Acabe de vez com a sua timidez"... Que piada! Continuava tímido do mesmo jeito, sem mudar uma vírgula. Só a piscina para afogar a minha timidez. Malditas espinhas! Se não fossem elas, iria todos os dias ao clube. Precisava fazer algo diferente para sair daquela chatice toda, e foi o que fiz. Meu pai também saiu de férias e, como sempre, viajaria com minha mãe para Pirenópolis, interior de Goiás. Convidaram-me para viajar com eles, como das outras vezes. Convidaram só por convidar. Eles estavam certos de que eu recusaria, mas, para surpresa dos dois, aceitei. Em casa é que eu não ficaria.

De Brasília a Pirenópolis é um pulo. Nem senti a viagem, e a pousada era legal e aconchegante, com *fitness*, sauna, salão de jogos e piscina. E que piscina! E que astral a cidade, com suas calçadas de pedras, ruas de paralelepípedos e arquitetura colonial!

No primeiro dia, logo de cara, fomos conhecer o Parque Estadual Serra dos Pireneus e a feirinha do centro. Fomos à Igreja Matriz, de Nossa Senhora do Rosário. Ela tinha passado por um grande incêndio e havia sido completamente reconstruída, restaurada. Passamos por várias pedreiras e pela cachoeira do Abade. Quis parar. Maravilhosa a cachoeira! Pena que estávamos sem roupa de banho, mas, de qualquer maneira, acho que ficaria com vergonha de tirar a camiseta. Deu só para molhar os pés e entrar no clima.

No dia seguinte, que surpresa!!! Estava tomando o café da manhã com meus pais quando, a umas cinco mesas da nossa, dou de cara com o Adriano e o Leonardo também tomando café. Ué, o Adriano não tinha dito que iria para São Paulo e que o tio estava atrapalhado e não poderia viajar? Tanto lugar nesta terra e eles vão se hospedar justamente em nossa pousada?! Pelo jeito, já podia pressentir que os próximos dias seriam ótimos...

Olhei tão fixamente para eles que meus pais seguiram a direção de meu olhar e constataram o motivo de minha cara abobalhada. Meu pai, pensando que eu estava decepcionado com o Lourival, que não queria mais vê-lo na frente, nem pintado de ouro, tomou as minhas dores.

– Filho, se você não quiser falar com eles, fique na sua.

– Pode deixar, pai, não estou com raiva de ninguém.

– Tem certeza?

– Tenho. E, se você quer mesmo saber, pai, acho até que vou curtir bastante os dias aqui em Pirenópolis.

Levantei e fui até lá. Como não tinha sido visto por nenhum dos dois, fui andando devagar, procurando não chamar a atenção e...

5

Incrível! Adriano e Leonardo viraram para trás no mesmo instante. Que festa! Os dois ficaram de queixo caído quando me viram, e também espantados com o movimento de suas cabeças girando ao mesmo tempo, ambas para a direita, e sem nenhum motivo aparente. Parecia uma cena ensaiada.

– Samuca! Você por aqui? Você não disse que ficaria em Brasília?

– E você não disse que iria para Sampa e que seu tio não viajaria porque estava todo embananado?

– Disse sim, Samuca, mas os planos mudaram e viemos para cá.

Nem acreditei quando o Leonardo se levantou da cadeira e me deu um tremendo de um abraço. Sim, um abraço de amigo de infância.

– Não quer se sentar conosco, Samuca?

– Claro que quero! Obrigado. Nossa! Vocês eram as últimas pessoas que imaginava encontrar por aqui. Que barato! Chegaram quando?

Adriano ajeitou seus cabelos lisos e, todo entusiasmado, falou:

– Chegamos quase agora. Nossas malas ficaram na recepção. Estávamos com tanta fome que viemos direto para o café. Sei que é bom demais respirar os ares de Pirenópolis! A gente vem sempre pra cá arejar as ideias e tomar banho de cachoeira, fugir da loucura de Brasília. É a primeira vez que nos hospedamos aqui. Eu e o tio Nardo não gostamos de ficar no mesmo lugar toda vez que voltamos. É uma maneira de sair da rotina.

Se havia algum gelo entre nós para ser quebrado, posso dizer que começamos bem. O clima da mesa estava ótimo. Eles abriram o jogo e contaram que não esperavam que eu fosse ficar chateado com a história do Lourival Sensacional.

– Deixe isso pra lá. Fiquei tão grilado com tudo aquilo que nem ligo mais a televisão todos os dias.

Adriano se admirou:

– Sério?!? Cara, você é o cara mais televisivo que conheço e está me dizendo que...

Leonardo soltou uma gargalhada que encheu o salão, e deu um soco leve em meu ombro esquerdo. Aproveitei para dizer:

– Não sei se o Adriano lhe contou, Leonardo, mas também sou outro apaixonado por natação. Nado desde os 5 anos.

– E eu desde os 8! Você já entrou na piscina da pousada?

– Só deu para namorá-la de longe. Na verdade, estava esperando por vocês!

Foi só risada. O Leonardo levantou-se da mesa e foi se servir de mais bolo. Adriano abriu um largo sorriso e disse:

– Nossa, Samuca, sinto um baita alívio em saber que você não ficou grilado com a história do Lourival.

– Você que pensa que não fiquei grilado! Fiquei, e muito, mas cheguei à conclusão de que posso descobrir no Leonardo um cara muito mais sensacional que o Lourival.

– Pode mesmo, Samuca. O Leonardo é o tio de que mais gosto.

– Como não fui acreditar em você?

– Sei lá, acho que a gente sempre pensa que artista mora do outro lado do mundo. Eu também poderia ter mostrado as fotos que tenho ao lado do meu tio, daí você acreditaria, mas só pensei nisso depois.

– Passou! Vamos deixar pra lá!

– Tem razão... E seus pais?

– Naquela mesa ali!

– Que dez! Só espero que seu pai não pegue no meu pé!

Paramos de falar. Leonardo veio até a mesa pegar um guardanapo de papel para dar um autógrafo ao garçom. Depois, voltou para a mesa do bufê. Não sabia se comia bolo de chocolate ou de nozes. Na dúvida, trouxe as duas fatias no prato.

– É tanto bolo apetitoso que quase tive uma crise...

Conversamos sobre vários outros assuntos, mas, como era de se esperar, a história do Lourival veio à tona outra vez.

– Você não vai acreditar no que vou lhe contar, Samuca. Eles quiseram dobrar meu salário para eu permanecer no programa, mas nada daquilo estava me preenchendo. Eu entendo o que você sentiu naquele dia em que soube que eu não era o Lourival. Sabe, Samuca, estava cansado dos assuntos que eles queriam que eu falasse, de anunciar produtos sem qualidade nenhuma. Não parava de receber carta de reclamação de telespectador. Cansei de viver numa bolha de mentira. Precisava dar outro rumo pra minha vida. Eu, que amo nadar, estava nadando contra a correnteza. Senti que havia chegado o momento de nadar a favor e me deixei levar pelas águas dos meus sentimentos...

Eu nem piscava. Leonardo continuou:

– Sabe, Samuca, quebrei a cara pra entender uma coisa muito simples.

– O quê?

– Seguir a intuição, entender como funciona a bússola do meu coração.

– Como assim?

Nesse momento, meus pais foram até a mesa onde conversávamos. Estavam curiosos para ver de perto o famoso "Lourival Sensacional". E como meu pai é descarado! Tenho certeza de que ele estava fazendo força para não rir na cara do falso Lourival. Só sei que eles viram que estava tudo em ordem conosco. Apresentei-os ao Leonardo. Meus pais fingiram que nada sabiam daquela confusão toda. Disseram que iriam para a cachoeira Usina Velha e deixariam a chave na recepção, para eu me virar com o almoço, pois só chegariam por volta das três horas.

– Sua mãe está boa, Adriano?

– Está sim, tia Samara.

– Mande um beijo pra ela.

– Pode deixar.

Meu pai aproveitou para irritar o Adriano.

– E fale para o seu pai deixar de torcer pelo Brasiliense e passar para a torcida do Gama enquanto ainda dá tempo.

– Está bem. Se você deixar o São Paulo e passar pro Flamengo, podemos pensar no assunto.

– Você está louco, Adriano? Mas que seu pai vai curtir o Gama, isso ele vai!

– Ih, tio Rafael, meu pai seria capaz de deixar minha mãe, mas não deixaria nem o Flamengo nem o Brasiliense. Por isso, não me darei ao trabalho de transmitir o seu recado.

– Que filho mal-educado!

Não deu outra. Meu pai bagunçou os cabelos do Adriano e lhe deu um abraço.

– Quer dizer que você tinha um tio famoso, Adriano?

Leonardo apertou a mão de meu pai com vigor e afirmou:

– O preço da fama é alto, Rafael, mas nada como a simplicidade. É muito mais valiosa e está aí, para todo mundo desfrutar.

Minha mãe ameaçou falar. Sabia que ela, como toda dermatologista convicta, só estava esperando uma brecha para falar do protetor solar. E ela falou mesmo:

– Verdade, Leonardo. Ser simples é uma das qualidades essenciais que se deve conquistar. Mas quero dar um recado a vocês três. O sol promete. Nada de saírem sem usar protetor solar. Entenderam?

– Pode deixar, mãe.

– Quero só ver...

Ela retirou da bolsa o tubo de protetor e o colocou em cima de nossa mesa, acrescentando:

– E aqui também está o seu MP3, que você deixou na mesa.

– Pelo amor de Deus! Passe-o pra cá!

Para mostrar que eu não era o único maníaco por música, Adriano retirou o seu MP3 do bolso e o exibiu para todos.

– Vocês poderiam ter deixado estas tranqueiras em Brasília. Pirenópolis tem sons naturais inigualáveis – minha mãe logo comentou.

As reclamações maternas mais comuns:

☆ toalha molhada jogada em cima da cama;

☆ luz acesa, sem ninguém no ambiente;

☆ "amarre o cadarço, dê a descarga, pare de andar descalço pela casa, retire o prato da mesa";

☆ "custa fechar o creme dental e abaixar a tampa da privada?";

☆ sem falar nas frases clássicas, mais usadas até os dias de hoje: "Já escovou os dentes?" "Já tomou banho?" "Já fez a lição?". Isso é o que todas repetem. A ranhetice é geral, ou melhor, mundial.

Adriano fez cara de tristeza e simulou um choro por causa da bronca. Minha mãe não resistiu e também bagunçou os cabelos do Adriano. Num piscar de olhos, ele desfez a cara de choro, se levantou da cadeira e fez questão de lhe dar um beijo barulhento.

– Te adoro, tia.

– Eu também, meu querido.

– Desse jeito, mãe, vou ficar com ciúmes.

– Ué, Samuca, você não vive falando que eu só reclamo, pois agora quem vai ficar reclamando e falando sozinho é você. Tchau, meninos! Tchau, Leonardo. Muito prazer!

Ela jogou beijos para nós, puxou meu pai e os dois saíram abraçados.

– Mãe é isso aí. Ainda mais mãe dermatologista.

Os dois riram, mas o Leonardo não conseguia parar de rir. Teve um acesso de riso.

...

– Ué, tio, por que você está rindo tanto?

– É que fiquei com vergonha de mostrar o meu MP3 para a mãe do Samuca.

– Até você, Leonardo?

– É, Samuca, até eu fujo de puxão de orelha de mãe. A gente cresce e elas não se dão conta, continuam nos tratando do mesmo jeito.

– Verdade...

– Mas chega de bobeira! Quero falar sério! Pronto! Bem, como você chegou antes da gente e já teve tempo de conhecer a pousada, que tal nos apresentá-la?

– Claro!

– Antes, precisamos guardar nossas malas.

– Vamos lá! E traga seu MP3. Nada de escondê-lo!

6

Depois de apresentar-lhes a pousada, fizemos uma longa caminhada e almoçamos juntos. Leonardo teve tempo de sobra para contar sua história, de fio a pavio. Pude, enfim, montar sua ficha técnica em minha cabeça.

Leonardo, tio de Adriano.

Casou-se sem amar de verdade. Só porque a Luciana era bonita, dava uma gargalhada deliciosa e todos diziam que seria burrice ele deixar uma mulher tão linda assim escapar de suas mãos. Um sino dentro dele badalou desesperadamente para ele não se casar. Tudo bem que eles se gostavam; no entanto, faltava o principal para o casamento dar certo. Faltava uma comunicação sem palavras. Era só pra ser namoro e pronto. Mas Leonardo estava hipnotizado pela beleza da Luciana e muito preocupado com a opinião dos amigos. Deixou-se levar; nem ouviu o sino que cansou de badalar dentro de si. No fundo, tinha esperança de que, com o tempo, o amor surgiria. Não surgiu, e, depois que o oba-oba do noivado e das festas passou, eles começaram a se estranhar. Nesse meio-tempo, Leonardo conheceu uma mulher legal que mexeu com seu coração, mas, na altura do campeonato, de nada adiantava, estava casado, com uma aliança no dedo. Coincidentemente, a Luciana conheceu um homem que fez o seu coração disparar e amolecer. Mas como cada um ia contar a verdade e dizer ao outro que também não estava satisfeito? Podia ser apenas uma fase de adaptação que eles estavam atravessando. Intimamente, os dois resolveram adiar qualquer decisão. Era medo, um medo bem grande.

Para complicar a situação, a Luciana sugeriu ao Leonardo que abandonasse temporariamente a profissão de que ele gostava e procurasse algo de maior projeção social, apenas por um tempo, até eles juntarem uma grana. E, justamente nesta época, pintou o lance da televisão e eles passaram a aparecer em todas as colunas sociais do momento. Um tanto inseguro, sem saber se estava seguindo o caminho certo, Leonardo deixou de dar aulas de hidroginástica e natação para se aventurar numa área completamente diferente. Pretendia provar para a Luciana que era capaz de ganhar muito dinheiro.

Exatamente, o dinheiro entrava de um lado e a alegria escapava do outro. Ele tinha certeza de que, com o tempo, nadando e dando aulas, viveria sem apertos e conseguiria conciliar felicidade com prosperidade. No entanto, não foi forte o suficiente para bater o pé e lutar pelo que mais gostava de fazer. Comprou um sonho que não era seu, e sim de Luciana. Por ironia, ele se afastou da própria Luciana e de si mesmo.

Aconteceu o inevitável. A Luciana entendeu que aquela relação os estava sufocando, que o Leonardo não combinava com aquele mundo da televisão, que ele era um peixe fora-d'água. Ele precisava voltar para a piscina, ela precisava fazer alguma coisa por si, e, antes que fosse tarde, os dois tiveram uma conversa demorada e honesta. Decidiram colocar um ponto-final no casamento e se separaram.

Leonardo voltou para as piscinas e fez de tudo para aproximar-se da Carolina, a mulher que havia mexido com seu coração enquanto estava casado. Ele disparou flechas em diversas direções. Enviou cartas, flores, balões coloridos; arquitetou encontros ocasionais; colocou faixa na rua; recitou poesia; fez serenata e até se vestiu de cupido e ficou plantado na porta da casa dela até ser visto. Em seguida, mais à vontade, pediu-a em namoro. Ela abriu um sorriso lindo e afirmou que estava esperando por esse pedido desde o momento em que ele recitou Castro Alves para ela.

Leonardo contou tudo aquilo num fôlego só, emendava uma frase na outra; e tanto eu quanto o Adriano, que já sabia a história, nem piscamos. Sem querer, perguntei:

– E a Carolina?

– Chegará amanhã. Ela está acabando o doutorado em Antropologia e precisou adiantar um trabalho.

A pergunta estava na ponta da minha língua, queimando, não podia deixá-la ardendo em brasa:

– E que fim levou a Luciana?

– Ela está namorando o Vítor, um bambambã do mundo empresarial. O cara tem jatinho, iate e até apartamento em Miami. Ele faz e acontece. Dá entrevista pra tudo que é jornal. Acho que ela encontrou o verdadeiro Lourival Sensacional que andava procurando, alguém que passa o tempo todo paparicando-a e levando-a de um país a outro. Pra falar a verdade, Samuca, eu nunca soube fazer bem esse papel. Diante das câmeras, era até divertido e fazia muito bem para o meu ego. No dia a dia, era uma lástima ter de interpretar um papel. Nos últimos tempos, passava mais tempo sendo o Lourival, e o Leonardo mesmo ficou pra escanteio. Era assustador não me reconhecer nos gestos mais corriqueiros. Pulei fora de toda aquela maluquice.

– Puxa, Leonardo, jamais poderia imaginar que você tivesse tantos grilos...

– Pois é, e como diz o provérbio, "quem vê cara não vê coração". Mas o Lourival foi um grande mestre. Acho que precisei dele para voltar a acreditar em mim. Sei lá, era tanta gente querendo conhecer o Lourival, e eu mesmo, Leonardo, cada vez mais esquecido. Foi barra, cara, barra-pesada. Recebia tanta carta de gente tímida querendo mudar, que me dei conta de que não podia mais brincar com os sentimentos das pessoas nem com os meus. Descobri que o melhor a fazer era virar o jogo. No fundo, eu só queria nadar e levar a vida com simplicidade.

Outros provérbios

A mentira tem perna curta. • Filho de peixe peixinho é. • Antes só do que mal acompanhado. • Cada macaco no seu galho. • Devagar se vai ao longe. • Quem tem pressa come cru. • Santo de casa não faz milagre. • Quem tem telhado de vidro não joga pedra no telhado do vizinho. • Ladrão que rouba ladrão tem cem anos de perdão. • Em festa de formiga ninguém elogia tamanduá. • Deus dá o frio conforme o cobertor. • Cada um sabe onde o sapato lhe aperta. • Comer e coçar é só começar. • O pintor, o poeta e o botânico não veem a mesma árvore. • Quem entra na chuva é pra se molhar. • Onde há fumaça há fogo. • Quem canta seus males espanta.

Leonardo suspirou e quis dar outro rumo para a conversa. Pegou seu celular e verificou que estava sem sinal.

– Mas tudo passou. Amanhã a Carolina chegará para ficar estes dias comigo. E tem mais! Ela trará suas sobrinhas. E vou logo avisando: são duas gatinhas! Que droga de falta de sinal! Adri, me empreste o seu celular para eu fazer uma ligação para a Carolina.

– Ficou no quarto, carregando a bateria. Mas eu posso ir pegá-lo.

Retirei o celular do bolso e o estendi.

– Não quer usar o meu, Leonardo?

– Obrigado, Samuca, pode deixar. Aproveitarei para subir e jogar uma água no corpo. Adri, você ligou pro seus pais para avisar que chegamos bem?

– Liguei, tio.

– Ah, bom... Então, estou subindo!

– Enquanto você sobe e faz tudo o que tem de fazer, eu e o Samuca vamos teclar e ver nossos *e-mails* na recepção. Tomara que não tenha ninguém usando o computador.

– OK, nos encontramos daqui a pouco.

Senti um alívio do tamanho do mundo. O Leonardo era uma pessoa comum, como meu pai, o garçom ou o pai do Adriano. E, além de estarmos num lugar delicioso, com um sol maravilhoso, teríamos a chance de conhecer as duas sobrinhas da Carolina. Serão mesmo duas gatas? Ou duas monstrengas? Por que ele foi contar? Seria melhor se nós as conhecêssemos na hora. Ficaria um lance mais natural, sem tanta expectativa e formalidade. Ih! Olha só os meus grilos novamente. Eles não me dão sossego. Por sorte, o Adriano também não as conhecia e nós nos divertimos um bocado imaginando o jeitão e a cara de cada uma das sobrinhas da Carolina. Quanto mistério! Que emoção desesperadora!

Ainda por cima, para estimular a nossa imaginação, seria a primeira vez que o Adriano veria a nova namorada do tio.

Ah! Passamos a tarde na cachoeira das Andorinhas. Nem tirei a camiseta. O Leonardo e o Adriano tiraram. Pude ver que o Adriano também estava com as costas cheias de espinhas. Que coragem a dele! E se eu tirasse a minha? Maldita vergonha! Por que tinha de grilar por qualquer coisa? É, tirando alguns grilos na cuca, estava tudo demais! Valeu!

7

No dia seguinte, quando acordei, meus pais já tinham saído e deixaram sobre a cama deles um bilhete. As recomendações de sempre. Que delícia de férias! Eu mal acreditava que pudesse estar gostando. Parecia que eu nem sentia falta da minha vida em Brasília, de ficar no computador ou ver TV quase o dia todo. Estava feliz da vida em Pirenópolis.

Entrei no banheiro, fechei a porta e tirei toda a roupa. Comecei a dançar em frente ao espelho. Até que as minhas costas não eram tão feias assim! Não teria nada demais se eu tirasse a camiseta na frente dos outros. Mas como fazer para que meus grilos parassem de me encher? Empolguei-me tanto ao ver meu corpo com outros olhos que disparei a cantar vários trechos de músicas de que eu gostava. Sem me dar conta, minha mãe voltou para o quarto a fim de pegar a chave do carro e, surpresa, ouviu a minha cantoria. Ela me chamou, bateu à porta uma, duas, três vezes. Quem disse que eu ouvi? Só queria saber de pular, dançar e berrar. Ela não resistiu e girou a maçaneta. Não consegui acreditar quando ela me pegou dançando pelado e fazendo todo aquele carnaval. Fiquei vermelho e enrolei a toalha na cintura.

– Não percebi que você tinha entrado, mãe!

– Desculpa, é que achei estranho você cantando alto aqui no banheiro. Bati umas dez vezes à porta e nada de você abrir. Fiquei preocupada e entrei para saber o que estava acontecendo.

– É que... Que... Que estou feliz!

– Que ótimo, filho. E bota feliz nisso! Seu pai e eu também estamos felizes por saber que você se entrosou com seus amigos e está aproveitando tudo.

Como fui pego no pulo e não tive como colocar a camiseta, mostrei-lhe as minhas costas. Ela deslizou a sua mão com carinho sobre as espinhas e se surpreendeu com o aparecimento delas, pois fazia um bom tempo que não me via sem roupa. Ela incorporou a dermatologista e deu um monte de explicações. Falou sobre alimentação, que o melhor seria eu reduzir alimentos gordurosos, comer outros mais saudáveis, frutas, legumes, tomar mais sol, com protetor solar, claro, e que, quando chegássemos a Brasília, ela daria algumas pomadas para eu passar. Disse que aquilo não era nenhum bicho de sete cabeças, que meu pai, com a minha idade, tinha as costas forradas de espinhas e que as minhas não eram quase nada comparadas às costas dele. Sei que aquela conversa me fez muito bem. Até ganhei beijo quando ela saiu, dizendo que meu pai já devia estar preocupado de tanto esperar.

Daí, sim, quando ouvi a porta do quarto bater, retirei a toalha da cintura e dancei feito um maluco. Que fantástico! Na verdade, o bicho só tinha uma cabeça. Daria para enfrentá-lo numa boa, de igual para igual, sem nenhuma arma. Fiquei doido para ir até a piscina, retirar a camiseta e me atirar de cabeça. Parecia que eu havia descoberto a América. Meu corpo queria explodir, de tanta vida, de tanta euforia.

Há alguns dias seria incapaz de imaginar que hoje estaria tão bem. Que piada! Essa viagem estava sendo o máximo! Só me encontrava com meus pais na hora do jantar e em algum ou outro momento. Eles realmente me deram carta de alforria e eu estava adorando poder entrar no quarto para dormir à hora que bem entendesse. Show de bola! Tudo bem que eles me enchiam de recomendações e deixavam sempre um bilhete em algum canto do quarto. Se soubesse que Pirenópolis era tão interessante, já teria vindo pra cá havia muito mais tempo. E, depois, eles nunca disseram nada sobre as cachoeiras. Quanto tempo desperdiçado… Nota dez para eles! E que legal vê-los entrosados com vários casais, participando de caminhadas, gincanas e curtindo a natureza. Tenho de dar o braço a torcer: as montanhas não eram assim tão pacatas quanto eu imaginava. Nem perto de ser uma toalha verde amassada em cima da cama.

Lembretes importantes

Aventurar-se. • Soltar o conhecido e experimentar o desconhecido. • Rir até o estômago doer. • Rir de si mesmo. • Ter coragem de ousar, de ser diferente. • Sair do padrão, quebrar a rotina. • Acreditar nos sonhos e desconfiar dos rabugentos e invejosos. • Deixar prazos e relógios de lado para viver o presente. • Deixar que os bobos sejam donos da verdade. • Parar de ser bobo e de escrever lembretes importantes. • Quá-quá-quá!

Nove e meia da manhã. Lá estava o nosso trio saboreando o café. Um casal foi até a nossa mesa tirar foto ao lado do Lourival Sensacional. O Adriano e eu queríamos rir e tivemos de disfarçar. A mulher percebeu e nos encarou, fez cara de quem não aprovou a nossa atitude, cara de politicamente correta. Não quisemos nem saber e rimos pra valer. Tivemos até de sair da mesa. Deixamos o Leonardo todo sem graça, pagando o preço da fama.

Fomos para a recepção ver nossos *e-mails*. Estávamos sem nenhuma concentração para fazer qualquer outra coisa que não fosse rir. Deixamos o computador e voltamos ao restaurante para ver se o Leonardo ainda conversava com a mulher mal-humorada. Ela já tinha saído. Que pena! Mas Leonardo estava falando ao celular. Disse um tchau, um beijo e olhou para nós com um jeito de quem queria nos esganar.

– Vocês dois juntos não são moles! Me deixaram falando com aquela chata e se mandaram.

– Ué, Leonardo, você não queria ser famoso?

– Um a zero pra você, Samuca. Só quero lhe dizer uma coisa.

– O quê?

– Que a vida dá muitas voltas.

– Credo! Parece praga!

– E é praga mesmo. Um a zero, por enquanto. O jogo vai continuar e minha aliada chegará para o almoço. Tratem de fazer alianças com as sobrinhas da Carolina. Senão, vocês dois estarão perdidos.

– Nós aceitamos a disputa, tio.

Embora estivéssemos brincando, eu continuava ansioso. Não queria passar essa impressão para os dois. Fiquei na minha, mas estava doido para encher o Leonardo de perguntas. Acho que o Adriano leu meu pensamento e disparou a primeira:

– E como elas se chamam, tio?

– Aline e Alice.

– São bonitas mesmo?

– São, Adri.

Não aguentei segurar mais nenhuma pergunta:

– E elas são gêmeas?

– Tem razão, Samuca. Aline e Alice parecem nomes de gêmeas, mas elas têm um ano de diferença. A Aline é a mais velha. São parecidas só fisicamente, mas possuem gênios bem diferentes.

Não sei por que, mas tive a impressão de que gostaria mais da Alice. Estava grilado. Bem grilado, por sinal. E se rolasse um clima entre nós? E se o Adriano e eu gostássemos da mesma sobrinha? Como faríamos? Um dia comigo e outro dia com ele? Nada tinha acontecido, nem conhecia as duas e já estava grilando. Por que não ficava numa boa e deixava tudo acontecer?

Nós iríamos para a cachoeira, mas acabamos mudando os planos e resolvemos aguardar as três. Na piscina, claro. Leonardo foi o primeiro a mergulhar. Adriano aproveitou o embalo e pulou logo atrás. Era a minha vez. Foi um momento inesquecível. Meu coração batia com uma força inacreditável. Não era tontura o que sentia. Era uma coragem alucinada dizendo "agora", "já", "é agora". Nem pensei duas vezes, senti aquela corrente elétrica dentro de mim e fiz o que tanto queria fazer. Tirei a camiseta com uma alegria sonhada dezenas de vezes e a joguei para o alto. Dei um grito de liberdade. Gritei, de arranhar a garganta. Que sensação fabulosa a de curtir o próprio corpo. Nem estava mais tão encurvado, com os ombros arqueados. Levantei a cabeça, agradeci aquele momento e pulei, ainda gritando. O Adriano e o Leonardo estranharam o meu repentino estado de euforia. Eles apenas riram e nem se deram ao trabalho de fazer qualquer pergunta.

Conforme fomos nos acostumando com a água, a temperatura foi melhorando. Impossível não reparar na habilidade do Leonardo. Como nadava! E com que facilidade! O celular dele tocou. Ele saiu da água e correu para atendê-lo. Era a Carolina. Elas tomaram um lanche na estrada, iriam se atrasar. Almoçamos só nós três. Depois, voltamos para a piscina. Ninguém pensou em fazer a digestão e também ninguém passou mal. Eu continuava me sentindo livre, bonito e à vontade comigo mesmo. Leonardo olhou para mim e me surpreendeu salvando um inseto que boiava na água.

– Samuca! Você não vai acreditar!

– Que foi?!?

– É que tenho essa mesma mania de ficar salvando insetos que caem na água.

– Será que isso é mania de gente pirada, Leonardo?

– Que nada, Samuca! Isso é mania de gente do bem. Por falar em bem, gostei de vê-lo nadar, você nada bem.

– Olha, Samuca, vindo do meu tio, que nada feito peixe, pode considerar um baita elogio.

As palavras dos dois me deixaram mais eufórico, e tive um ataque de bobeira, desatei a falar:

– Obrigado, minha gente. Obrigado, povo de Pirenópolis. Obrigado! Obrigado! Obrigado, minha gente querida. Obrigado, meu povo de Pirenópolis. Obrigado! Obrigado! Obrigado!

– Ih, Adri, acho que o caso é de internação, muito mais sério do que a gente pensava.

– Verdade, tio. Só há um jeito: prendê-lo agora e interná-lo.

Eles pularam em cima de mim e simularam uma prisão. Conduziram-me até a borda da piscina e mantiveram minhas mãos presas. Podiam me prender um milhão de vezes que, naquele momento, nada faria com que eu deixasse de me sentir livre, livre, livre.

O tempo passava e nem sinal da Carolina e das sobrinhas! Que ansiedade! Que dureza ter de esperar por alguém que a gente ainda não conheceu, de quem só se ouviu falar, e falar bem, muito bem...

8

Tínhamos acabado de sair da água quando elas chegaram. Estávamos sentados, embaixo de um guarda-sol. Que impacto! Uau! Como elas eram lindas! E como fiquei sem graça... Quantas informações! Carolina fez a maior festa quando viu o Leonardo. Falava pelos cotovelos, ria e o beijava. Os dois se esqueceram de nos apresentar.

Eu e o Adriano ficamos olhando para as duas. Parecíamos duas múmias. Não sabíamos qual era a Alice e qual era a Aline. Uma delas, a que tinha espinhas no rosto, não saiu do celular. Tudo indicava que ela estava tentando se despedir e a pessoa do outro lado da linha não queria encerrar a conversa tão cedo. Que aflição querer cumprimentar alguém e não conseguir. Ela jogava o cabelo pra trás, fazia gestos de impaciência e não parava de repetir "hum hum". Como ela percebeu que a ligação iria se estender, pôs seu *laptop* cor-de-rosa numa cadeira e se sentou ao lado. Cruzou as pernas e abriu um chocolate.

Mesmo não nos conhecendo, ela nos ofereceu um pedaço, mas foi um gesto tão rápido que tive a impressão de que ela ficou levemente nervosa de alguém poder dizer sim. O chocolate foi devorado, em segundos. Ela fez uma bolinha com a embalagem e ficou girando-a entre a palma da mão e o tampo da mesa. A outra irmã, por sua vez, vendo que nós também estávamos em apuros, abriu um sorriso e nos cumprimentou. Pude ver as suas covinhas! Que mão macia!

– Eu sou a Alice, muito prazer.

A voz também era macia. Bem que eu estava desconfiado de que gostaria mais da Alice. Depois que as espinhas apareceram nas minhas costas, era a primeira vez que ficava sem camisa e sem grilos diante de duas garotas. Será que a Alice achou meu corpo bonito? Por que ela está me olhando tanto? Meu Deus! Preciso falar alguma coisa. Ela acabou de se apresentar. O que é que eu falo? O quê? Rápido! Rápido! Qualquer coisa!

– E eu sou o Samuca. Ele é o Adriano.

– A nossa tia nos contou que vocês estariam aqui.

– O Leonardo também nos falou que vocês viriam.

– E a água? Está boa?

Percebi que o Adriano não tirava o olho da Aline.

– Está sim. A gente acabou de sair.

Carolina ria, falava, beijava. Leonardo estava nas nuvens. Ria, ouvia e retribuía os beijos da Carolina. Finalmente, a Aline desligou o celular. Ajeitou os cabelos e anunciou a sua chegada:

– Oi, gente! Eu sou a Aline. Peço desculpas. Meu celular tocou quando entramos. Era a mamãe, Alice. As recomendações de sempre. Pelo jeito, vocês já se entrosaram...

Adriano abriu um sorrisão de canoa para Aline e se apresentou.

– Eu sou o Adriano. Ele é o Samuca.

Deu pra perceber como a Aline gostava de ser o centro das atenções.

– Que legal! Tia, vamos colocar nossas malas no quarto e trocar de roupa. Não vejo a hora de entrar na piscina.

Carolina se deu conta de que não havia nos cumprimentado. Alice aproveitou toda aquela falação generalizada e me perguntou:

– Samuca vem de Samuel?

– Isso!

– E como você...

Alice foi cortada pela irmã.

– Ai, que droga! Esqueci o carregador do *laptop* lá no carro!

E Carolina interrompeu os passos de Aline.

– Nada disso! Depois você pega. Vamos primeiro levar nossa bagagem lá pra cima e colocar um biquíni.

Ajudamos as três a subir a bagagem. Não sei o que me deu na cabeça, mas fiz questão de andar à frente da Alice, só para ela ver as minhas costas. Elas carregaram as bolsas e nós levamos as malas. Nem usei as rodinhas, quis mostrar força. Deixamos as malas nas camas e descemos. Vinte minutos depois, elas já estavam conosco e, sem enrolação, nós seis pulamos na água. Parecia que já nos conhecíamos de longa data. Nem rolou clima nem nada. Encontramos uma bola sem dono na beira da piscina e ficamos jogando vôlei.

Quando falamos em sair e ir para a cachoeira, desabou uma pancada de chuva. Aline saiu voando da água e foi proteger o seu *laptop* envolvendo-o em sua canga. Mas também, por que razão ela desceu com ele? Não poderia tê-lo deixado no quarto? Que nada! Aline deixou o *laptop* na recepção e fez mil recomendações ao gerente. Pra quê! O *laptop* cor-de-rosa virou motivo de gozação. Fomos para a sauna e ficamos lá, conversando. O tempo não estava com cara de que ia melhorar. A cachoeira ficou para o dia seguinte.

A cada hora que passava, gostava mais da companhia da Alice. Ela falava pouco com as palavras e muito com os gestos. Não sei se era porque a irmã falava demais e não lhe deixava espaço ou se era porque Alice tinha certa timidez mesmo. Uma hora, peguei a Aline no pulo. Ela encarou o Adriano de um jeito diferente. Ele gostou, sentiu que ela lhe deu sinal verde.

Era quase fim de tarde, estávamos todos acomodados na varanda e o Leonardo falou de sua relação com a água, o quanto fazia sentido para ele um mergulho, o contato da água na pele, o mar, as piscinas, e de como se esquecia dos problemas quando nadava. Era exatamente como eu me sentia. Carolina só o escutava, com adoração. Vi que Adriano já estava de mãos dadas com a Aline. Olhei para a Alice de rabo de olho. Ela também estava olhando pra mim. Ops! Que mal! Que frio na barriga!

Como é duro entender esse negócio de ficar, gostar e namorar. Eram muitas informações para um dia só. Centenas de grilos novos. Claro que quero ficar com a Alice, mas não no primeiro dia. Se contar isso para o Adriano, ele vai dizer que estou parecendo um velho de cem anos de idade com meus pensamentos quadrados, e que estou na idade de aproveitar a vida. Parece até que o estou ouvindo dizer para eu deixar de ser tonto e voltar para o nosso século. Verdade, não teria problema nenhum se eu ficasse com a Alice logo de cara, mas, sei lá, não quero que as coisas sejam assim tão rápidas.

Quer saber de uma coisa? Acho que já estávamos ficando. A Alice não saía do meu pensamento e eu sinto que já estava morando no pensamento dela.

Na hora do jantar, quando tive oportunidade de ficar sozinho com o Adriano, não lhe contei nada do que estava rolando comigo. Sabia que, mais cedo ou mais tarde, ele ficaria sabendo. Naquele momento, quis ficar com todos aqueles sentimentos bons só pra mim. O Adriano, por outro lado, não quis nem saber, abriu a torneirinha e contou tudo o que estava se passando entre ele e a Aline. Não escondeu nada. Disse também que estavam se dando bem, mas que ela era um pouco regulada. Que não lhe dava nenhum pedaço de chocolate, nem pedindo pelo amor de Deus.

Da janela do salão de jogos, vimos a Alice, a Aline, a Carolina e o Leonardo descendo para o jantar. Fomos ao encontro deles. Os cabelos da Alice estavam molhados. Ela vestia uma blusa branca e um *shorts* laranja. Eu e o Adriano nem tínhamos trocado de roupa. Só o Leonardo. Que mancada!

Alice me deu um beijo e pude sentir sua colônia. Pitanga? Deve ser. Meus pais sentaram-se conosco, o jantar foi ótimo. O Leonardo, quando descobriu que meu pai era economista, contou que era impulsivo e gastava sem pensar. Não conseguia fazer um planejamento financeiro. Meu pai empolgou-se e fez várias colocações. Alice e Carolina se interessaram bastante, mas a Aline e o Adriano, sentados um de frente para o outro, começaram uma guerra de caroços de azeitonas. Ninguém os repreendeu. Ao contrário, a guerra tomou conta da mesa. Todos participaram. Meu pai retirou um caroço dos cabelos da minha mãe. E atirado pela Carolina! Ah! Peguei melão de sobremesa. Pena que estava sem sementes. Virariam munição, com certeza.

Algumas noções de economia:

$ ter objetivos claros (quanto quer ter?, para quê?, por quê?, de que forma?, em quanto tempo?);

$ barganhar e negociar antes de efetuar uma compra (afinal de contas, o dinheiro é seu e você conhece o valor de cada centavo que ganhou e guardou);

$ pensar em longo prazo, procurar ter noção do todo e fazer uma planilha anual de entradas e gastos (Exatamente! Uma planilha de janeiro a dezembro.);

$ "de grão em grão a galinha enche o papo": valorizar as moedas pequenas;

$ gastar menos do que se ganha, poupar o que foi economizado e investir o montante do que foi poupado;

$ trabalhar para obter lucro (aumentar o patrimônio líquido), e não só para receber salário (rendimento mensal);

$ organizar-se para conquistar a liberdade financeira;

$ sentir-se merecedor do dinheiro, ser generoso e saber muito bem o que o dinheiro pode ou não comprar.

Recolhidos os pratos, Leonardo e Carolina continuaram a conversa com os meus pais. O papo ficou "cabeça" demais. Ações, fundos cambiais e imobiliários, taxa de inflação. Foi como se eles nos empurrassem para fora da mesa. Nós quatro batemos as asas e saímos em revoada.

9

No dia seguinte, após o almoço, fomos para a cachoeira Bom Sucesso. Nenhum de nós queria outra vida. À noite, eu e o Adriano quisemos surpreender as duas irmãs mais lindas da pousada. Tomamos banho e nos trocamos. Para o nosso azar, Alice e Aline nem quiseram saber de se trocar. Mesmo assim, depois do jantar, nós quatro entramos na piscina. A combinação cachoeira e piscina dá uma fome animal, ou melhor, uma fome de dinossauro. Regredimos para a era Mesozoica e revivemos um bando de *Tyrannosaurus rex*. Atacamos os sorvetes da lanchonete.

Aline teve a brilhante ideia de não dormirmos para ver o nascer do dia. No começo, por volta da 1 hora da madrugada, andei engolindo alguns bocejos. Depois que vi a Alice e o Adriano abrindo a boca descaradamente, dei para bocejar também e chacoalhar o rosto para espantar o sono.

O céu estava estrelado. Lua cheia. Navegamos, teclamos, vasculhamos *sites* e entramos no *blog* do "Lourival Sensacional". Levamos um susto! O *blog* estava desativado. Como elas não assistiram a nenhum dos programas, Adriano contou um pouco do tio; foi quando a Alice se lembrou de ter visto algumas chamadas na TV. Enquanto isso, o sono ia e vinha. Trocamos figurinhas musicais de nossos MP3, imploramos um pedaço de chocolate para a Aline e falamos de nossos professores, das manias de cada um. Até então, Alice não sabia que eu e o Adriano estudávamos na mesma classe. Só a Aline sabia, mas ela se esqueceu de contar para a irmã.

Estávamos nos saindo muito bem, driblando o sono, quando, de repente, começou a pintar um clima no ar. Adriano saiu de fininho com a Aline. Foram para a beira da piscina. Enfiaram os pés e as pernas na água e deitaram-se nas pedras para apreciar as estrelas, mas o que eles queriam mesmo era ficar juntos, sozinhos, com ou sem estrelas.

Alice olhou para mim com firmeza. Ela sorriu e aproveitei para admirar suas covinhas. Senti que ela estava com um ponto de interrogação nos olhos, querendo entender o que rolava entre nós. Saber se estávamos ficando. De propósito, encostei meu pé no seu. Ela não o retirou. Manteve-o. Senti uma quentura gostosa na barriga. Retirei o pé. Quando fui recolocá-lo, ela já havia mudado seu pé de lugar. Como aconteceu desde o primeiro momento entre nós, conversamos pouco com palavras e muito com gestos.

Resolvi fazer mentalmente a ficha técnica da Alice e a da Aline. Achei que seria legal ajeitar todos os detalhes que fui recolhendo e descobrindo sobre as irmãs que estavam agitando as minhas férias e as do Adriano.

> ### *Ficha técnica 6*
>
> Alice, muito bonita, delicada, fácil de entender, silenciosa, expressiva, conectada consigo mesma. Torcedora roxa do Corinthians e de mais nenhum outro time. E que covinhas lindas!

> ### *Ficha técnica 7*
>
> Aline, bonita, tem espinhas no rosto, chocólatra, vive pendurada no celular (ela deve fingir que alguém liga para ela, isso porque fala umas abobrinhas que não têm nada a ver). Quando não está no celular, está teclando em um *laptop* cor-de-rosa. Ela se acha a adolescente mais conectada do mundo. Torce pelo Corinthians e pelo Brasiliense.

Ué, por que precisei de menos palavras para descrever a Alice? Quer dizer que o menos pode ser mais? Sim, às vezes, o menos pode ser muito mais. Deve ser a tal da teoria da relatividade.

Na verdade, nem eu mesmo sabia se queria ficar com a Alice. Mas será que isso interessava? Droga! Não era o momento de grilar. Eu queria era estar junto dela e pronto. Felizmente, ela sacudiu a minha distração e espantou os grilos.

– Você já namorou, Samuca?

– Já…

Por que será que menti? Poderia ter dito a verdade. Não haveria nenhum problema.

– E você, Alice? Já namorou?

– Ainda não. Na verdade, não sei se estou namorando ou não.

– Como assim?

– É um garoto do meu colégio. Ele está no primeiro ano do Ensino Médio. Às vezes, a gente sai de mãos dadas e ri bastante. Já rolou um beijo, aliás, vários. Mas ninguém pediu ninguém em namoro e eu fico sem saber se estou ou não namorando o Caio.

– E é importante para você saber?

– Claro que é!

– E por que você nunca perguntou a esse tal de Caio?

– Sei lá, Samuca. No fundo, tenho medo de que ele diga que não existe nada entre a gente.

– Ih, Alice, já vi essa cena em novela. Ele deve estar com o mesmo sintoma, com medo de lhe fazer qualquer pergunta para não ouvir um chega pra lá.

– Será?

Alice ficou pensativa. Eu voltei a papear com os meus grilos. É mesmo, se ela e o Caio soubessem o que estava rolando entre eles, eu teria chance com a Alice. E agora? Estou num mato sem cachorro. Como vou avançar se nem ela sabe se já está com alguém?

O dia, enfim, estava amanhecendo. Ficamos firmes e fortes. Ninguém arredou o pé. Adriano e Aline vieram se despedir de nós. Disseram que não estavam aguentando de sono. Alice resolveu subir com a irmã. Despedimo-nos ali. Eu não quis falar mais nada. Estava triste. O Adriano sacou. Pra falar a verdade, estava louco pra desabafar.

– O que houve, Samuca? Esta sua cara não é de sono, não. Você está chateado com alguma coisa. O que foi? Não rolou nada com a Alice?

– É, nada como um amigo que entende a gente. Estava até rolando, mas não vai rolar mais nada. A Alice me contou que está enrolada com um carinha do colégio. Não sabe nem dizer se está namorando ou não.

– Xi, que barco furado! Isso significa que você chegou atrasado.

– E-xa-ta-men-te, Adriano.

– Não era pra ser a Alice, Samuca. Ih! Nada de baixo-astral! Cabeça erguida e olhar atento. Existem milhares de garotas bonitas que não estão namorando.

– Mas nenhuma como a Alice.

– Isso é verdade. E é uma pena que a Aline não tenha as covinhas da irmã.

– Está vendo? Até você, que está ficando com a Aline, já reparou nas covinhas da Alice.

– Espere um pouco, Samuca. Mas, se ela não se definiu com o carinha, você pode chegar junto e definir a sua situação com ela.

– Você está louco, Adriano?

– Louco coisa nenhuma, estou sendo prático.

– Mas não é assim que quero ficar com ela.

– É, amigo, o melhor é a gente ir dormir e, daqui a algumas horas, descobriremos o que o futuro reserva para você.

– É isso aí, Adriano. Até mais! Estou capotando de sono.

– Tchau, Samuca, vá capotar na cama. A gente se vê daqui a pouco.

– Tchau. E obrigado pela força, Adriano. Bons sonhos com a Aline.

– Será que em sonho ela me dará um pedaço de chocolate?

– Só em sonho mesmo.

– Tchau, vou entrar devagar para não acordar meu tio.

– Adriano?

– Que foi?

– Só para dar outro tchau e dizer que nunca disse tanto tchau na vida.

– Ah, Samuca, vá dormir! E sem tchau!

10

Nem sinal de meus pais. No lugar do bilhete costumeiro, eles deixaram seis ingressos para um show em Pirenópolis às 10 horas da noite. Que massa!!! Olhei para o relógio. Quase duas. Perdemos o café, claro. Cheguei à mesa com os ingressos na mão. Todos já tinham começado a comer. Foi uma festa! Alice bateu palmas. Era fã da banda. Que estranho almoçar sem antes ter tomado o café. Durante o almoço, a indecisão era geral sobre o que faríamos depois. A noite estava garantida, mas a tarde ainda não tinha programação. A Carolina comandou uma rápida votação. E foi unanimidade. Como tínhamos adorado a cachoeira Bom Sucesso, decidimos repetir a dose.

Ainda na mesa, Alice pediu à irmã para entrar num *site* de músicas. Aline tinha certeza de que a irmã queria que ela baixasse músicas da banda para irem ouvindo no caminho. Excelente ideia. E lá fomos nós seis no carro do Leonardo. Ele e a Carolina na frente. Alice, Adriano,

Aline e eu atrás. Uma cantoria e uma falação de dar gosto. Aline toda esnobe com seu *laptop* no colo, teclando com uma amiga da Bélgica. Alice tirou um dos fones do seu ouvido e o entregou a mim:

– Esta é minha preferida! É linda, linda, linda!

Ela sabia a letra de cor. Não errou uma palavra. Será que estava cantando para o Caio ou para mim?

– Gostou?

– Gostei, Alice.

– Quer ouvir de novo?

– Ah, não! Deixe tocar outra.

– Só mais uma vez, Samuca, por favor, *please, please*!

– Está bem, só mais uma vez.

Claro que ela ouviria quinhentas vezes a mesma música. De repente, o mundo pulou! Que tranco! Que susto! O Leonardo não viu uma lombada e passou com tudo. Deixou a gente com o coração na mão, principalmente a Aline, que se abaixou para pegar o *laptop*. Nada de grave aconteceu, mas não tivemos como evitar o riso. O desajeitado motorista olhou para trás e ofereceu umas balas de canela. Aí que fui reparar que ele estava usando uma regata furada. Brinquei com ele:

– Leonardo, você não tem vergonha de usar uma regata toda furada?

– Que nada, Samuca. Ela me dá sorte. Ninguém me pede dinheiro emprestado quando estou com ela.

A Carolina se derreteu toda:

– Ele não é o máximo, gente?

– Obrigado, amor. Hehehehehe...

E a declaração de amor pra cá e amor pra lá continuou, bem melosa. Um dengo daqui, uma risadinha dali, um beijinho.

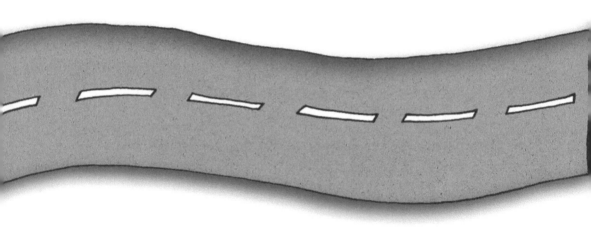

– Ei, tio! Não é melhor você prestar atenção no caminho? Pode ter outra lombada. E depois, nós queremos chegar vivos.

– Tem razão, Adri, é que a Carolina fica me distraindo.

– Não vou fazer nem falar mais nada. Minha boca será um túmulo, mas só até chegarmos.

– Está vendo o que você fez, Adriano Júnior? Agora, a Carolina não dará mais um pio.

– Ah, tio, é só até a gente chegar.

...

Quando descemos do carro, não acreditei que a Aline levava o *laptop*. Aquilo já estava virando uma obsessão. Também gosto de teclar, até aí nenhum problema, mas tudo tem hora, né? Trazer um MP3 para a cachoeira até dá para aceitar, mas um *laptop*! Onde já se viu? Pensando bem, será que meus amigos virtuais estão sentindo a minha falta? Será que vale a pena gastar tanto tempo para atualizar o meu perfil e visitar o dos amigos? Quantos amigos verdadeiros tenho na lista de meus amigos virtuais? Grilos e mais grilos!

O sol nem apareceu, mas estava um mormaço abafado. Como conhecíamos a trilha, seguimos direto, com os passos acelerados. Já dava para ouvir ao longe o som da água corrente. Uma mulher ruiva,

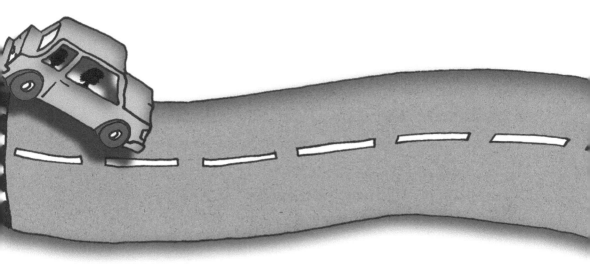

com cara de poucos amigos, cruzou com a gente e logo se dirigiu ao Leonardo, lascando o verbo. Nem se incomodou que a Carolina estava ao lado dele e que nós o acompanhávamos.

– Olhe aqui, Lourival Sensacional, este outro apresentador que puseram no seu lugar não tem nada de sensacional. Que sorte encontrar você aqui na cachoeira! A Matilde não vai acreditar quando eu contar! Você não poderia dar um autógrafo pra mim e outro pra ela? Nós assistíamos juntas ao seu programa. A Matilde, que era a pessoa mais tímida que conheci, agora é uma mulher extrovertida e até canta na igreja, coisa que nem pensava em fazer. Na rua, ninguém imaginava que a Matilde fosse pôr o pé pra fora de casa. Claro que, no fundo, bem lá no fundo do fundo, ela sonhava em entrar para o coral. Vou confessar uma coisa, Lourival, você é bem mais bonito pessoalmente, além do que...

A mulher só podia ter almoçado um papagaio. Falou direto por uns dez minutos. Nós até nos sentamos para ela se tocar. Mas que chatice! Que mala sem alça! Cada um ocupou o tempo para fazer algo. Eu passei protetor solar na Alice e ela em mim. Aline teclou com um amigo de Recife que ela nunca tinha visto. Adriano digitava e ela ia falando. E Carolina fez alongamento num tronco. Enfim, o marido da mulher ruiva a chamou e ela pediu licença. Demos graças a Deus e seguimos em frente.

Na verdade, havia várias cachoeiras em Bom Sucesso, e a gente tinha de tomar um cuidado lascado para andar nas pedras. A todo momento víamos alguém pisando de mau jeito e perdendo o equilíbrio, isso quando a tira do chinelo não arrebentava ou desgrudava e a pessoa caía. Até criança. Assistimos a dois tombos de dar dó e a indiscreta da Aline caiu na gargalhada.

Porém, a nossa querida amiga chocólatra teve a brilhante ideia de abrir uma barra de chocolate quando fazia a travessia de uma pedra à outra. Ela se desequilibrou e escorregou com tudo. Ela, a barra de chocolate e o *laptop* cor-de-rosa. Quem disse que ela conseguia se levantar? O *laptop* afundou. A barra ficou boiando, e a Aline com cara de desespero, de quem não consegue acreditar no que está acontecendo.

Adriano conseguiu erguê-la. Alice salvou o *laptop*, mas ninguém mais conseguiu salvar a alegria da Aline naquela tarde. Ela ficou inconsolável com seu *laptop* ensopado. Tinha dado curto. Carolina tentou consolar a sobrinha, mas só o Adriano conseguiu tal proeza. Ele envolveu-a num abraço e procurou levantar a bola dela enquanto Aline lastimava e choramingava a catástrofe.

Não adiantava chorar sobre o leite derramado, o jeito era aproveitar a tarde e tocar o barco. Então, Leonardo e Carolina se esparramaram numa rocha para curtir a preguiça. Eu e Alice também nos afastamos um pouco dos quatro, mas, do lugar onde ficamos, na água, entre as pedras, víamos todos. Vimos, inclusive, o primeiro beijo que rolou entre o Adriano e a Aline.

Perguntei à Alice:

– Você acha que eles estão se gostando de verdade?

– Não sei, Samuca. Acho que só dá pra gente falar dos nossos sentimentos. Não dos sentimentos dos outros. Talvez eles estejam se curtindo sem um amor de verdade. Eu não saberia fazer isso, mas não gostaria de julgar ninguém. Sou muito diferente de minha irmã e, ainda assim, tirando todas as nossas briguinhas bobas, gosto muito dela.

– Posso lhe contar algo, Alice?

– O quê?

– É que menti pra você. Eu disse que já havia namorado.

– E não?

– É que fiquei com vergonha de contar. Você poderia me achar um bobão.

– Que é isso, Samuca! E eu não lhe contei sobre o Caio, que nem sei se estamos namorando?

– Contou, sim. Mas e se ele pedisse você em namoro? Você aceitaria?

– Na mesma hora.

– Que Caio sortudo!

– Por que você diz isso, Samuca? Fale! Fale! Pare de brincar com a água e fale!

– É que se vocês não estivessem assim tão enrolados, eu... Eu...

– Você?!?

– É, Alice, eu pediria você em namoro.

Alice abriu um sorriso luminoso e foi completamente espontânea. Ela afundou o rosto na água para molhar os cabelos e depois ficou em pé.

– Vem cá e me dê um abraço, Samuca.

Que loucura! Ela poderia ter dito um não na minha cara e, em vez disso, fez uma tremenda festa. Será que ela aceitou o meu pedido e eu não entendi? Como devo interpretar esse abraço?

– Ah, Samuca, é que ontem, quando você encostou o seu pé no meu, eu senti um calafrio. Nem sei se você notou, mas acho que foi por isso que consegui ficar acordada por tantas horas.

– Pensei que a sua irmã fosse maluca, mas estava enganado. Você é muito mais maluca que ela. Mas você me namoraria se não fosse o Caio? Ou melhor, você quer me namorar agora, com ou sem o Caio?

– Ah, eu gosto de estar com você. Você é bonito e superdesencanado. Sei lá, Samuca, tem um Caio no meu pensamento, tem um Caio no meu coração, tem muitos Caios dentro de mim. Como posso tomar uma decisão? Você me entende?

Meu Deus! De onde ela tirou que eu sou desencanado? Ainda falou que sou bonito. Você é o cara, Samuca!!! Não precisava ouvir nem falar mais nada, nadinha de nada. Já estava nas nuvens. Dez! Iupi! *Yes!*

Bateu uma fome de dinossauro e nós saímos da água. Não pude deixar de trocar outro abraço com a Alice. Carolina e Leonardo também se levantaram e chamaram o Adriano e a Aline. É incrível como banho de cachoeira nos deixa famintos! E como viver é maravilhoso!

Entramos no carro e tocamos para a pousada. O carro do Leonardo poderia pular em todas as lombadas que não me assustaria. Estava mesmo nas nuvens. Paramos num restaurante e apreciamos a típica comida goiana. Arroz com pequi, feijão-tropeiro, frango caipira com guariroba, abobrinha, milho-verde e pamonha. Deixamos o restaurante satisfeitíssimos. Até a Aline se esqueceu de sua tristeza e fez um prato de peão. A Alice foi bastante amável com a irmã:

– Não fique triste, Aline. Quando chegarmos a Brasília, você pode ficar o tempo que quiser com o meu *laptop*.

Fiquei besta com aquilo. Se tivesse um irmão, acho que jamais seria tão legal com ele. É uma pena que não engatei um namoro com a Alice. Ué, e aquilo tudo que estávamos vivendo? Já não era uma forma de amar?

11

    Música na cabeça! A banda arrebentou! Meus pais também estavam lá. Todos agradeceram os ingressos. Suamos as camisas. Um baita show a céu aberto, ao lado da Meia Ponte. Lotadíssimo! Era gente que não acabava mais. No meio do show, quando tocaram a música que ouvimos no carro, dei a mão para a Alice e gritei feito um alucinado. Não aguentei, abracei a Alice e lhe dei um beijo na boca. Eu também estava no coração e no pensamento da Alice. Ela gostou porque era um beijo só beijo. Inteiro. O show acabou e nem saímos de mãos dadas. Que coragem a minha! E o melhor de tudo: ela curtiu o beijo e nem grilou. Será mesmo que o beijo aconteceu?

    Quem disse que queríamos dormir quando aterrissamos na pousada? Nosso quarteto ficou jogando conversa fora e meus pais subiram. Leonardo e Carolina também. Sem querer, o Adriano comentou que adorava jogar War, e cada um falou o que gostava de jogar. Com isso, descobrimos que nós todos éramos apaixonados por buraco. Felizmente, havia baralho na recepção. Nem preciso dizer quem jogou contra quem: ou será que preciso? A Alice e eu contra a Aline e o Adriano. Estávamos parecendo mafiosos. A mesa era até forrada com veludo verde. Só faltava a gente jogar a dinheiro e fazer um olhar sinistro para os adversários.

Aline chegou a comer três barras de chocolate. Enquanto ela era impulsiva, a Alice já era mais cautelosa; pensava bem antes de jogar e sabia esperar o momento certo para baixar as cartas na mesa. Gostei de jogar com ela. Demos liga, o que irritou profundamente a Aline e o Adriano. Os dois sujavam os jogos com facilidade, logo nas primeiras rodadas, o que dificultava bater com canastra limpa. Era aí que nós levávamos vantagem, fazíamos mais pontos e batíamos. E, às vezes, batíamos antes mesmo de eles pegarem o morto.

No começo de uma das partidas, a Alice me ofereceu um fone de seu MP3 para ouvirmos juntos nossa música. Ela me olhou com olhos sonhadores. Eu sabia que estava dizendo o quanto foi bom para ela termos nos conhecido.

As férias de julho estavam sendo o máximo. Novos amigos, cachoeiras, piscina e comida de primeira. A maior mordomia. Pena que começamos a falar em fazer as malas e voltar para casa. Aprendi um bocado com todos eles. Naqueles dias, nem tive tempo de ver televisão e navegar tanto na internet como costumava fazer. Entendi perfeitamente por que razão meus pais mantinham os celulares desligados em Pirenópolis. Precisei sentir na pele para entender. Como entendi que o Leonardo era muito mais gente fina do que um Lourival Sensacional que só existiu na minha cabeça e na de muita gente.

Não ia fazer sentido voltar para casa e passar horas deitado no sofá assistindo a tudo quanto é programação e bajulando amigos virtuais. Precisava pegar a minha vida com as duas mãos, ser o ator principal, o protagonista, e, com isso, conquistar um número maior de amigos reais. Sim, assim que chegar, vou colocar o verbo *protagonizar* numa bandeira e agitar, agitar. Nada de entrar mudo e sair calado de toda cena. A timidez acabou. Foi embora. Tchau! Tchau! Não quero ser apenas um figurante. Quero questionar, duvidar e arriscar. Escrever um roteiro muito especial para mim e vivê-lo. Agora é pra valer. Os ensaios acabaram! Cena um! Ação! Gravando!

Ah! Ia me esquecendo de dizer. Houve uns dias em que minha mãe fez limpeza de pele em minhas costas e no rosto. Minha pele ganhou outro aspecto. O sol também ajudou bastante a cicatrizar e secar os cravos e as espinhas. Ela escreveu uma lista de todos os alimentos que eu deveria cortar de vez ou reduzir. E o melhor de tudo: nem paguei a consulta, minha mãe preferiu receber tudo em carinho.

Para completar, meu pai achou um livro amarelado de bangue--bangue na gaveta do criado-mudo. Ele disse que melhorei bastante minha postura, mas que seria legal eu colocar o livro na cabeça e ficar andando de um lado para outro do quarto. Que ele viu na televisão um professor de teatro dando dicas para corrigir posturas. Que, em cursos de modelos e manequins, eles também equilibravam livros na cabeça para endireitar a coluna. E eu senti que ajudou mesmo. Claro que teria de praticar muitas vezes. Coitado do livro, sofreria mais uma centena de quedas! E qual o problema? Um livro de bangue-bangue devia estar acostumado com quedas, tiros e novas aventuras.

No último dia da viagem, deixamos para almoçar no centrinho da cidade. Fechamos a conta e ajeitamos as malas nos carros. Meus pais foram conosco porque não voltaríamos mais para a pousada. Eles foram sozinhos em nosso carro. Eu fui no carro da Carolina com a Alice e o Adriano foi no carro do Leonardo com a Aline.

Após o almoço, o vírus do consumismo atacou boa parte do nosso grupo. Minha mãe comprou doces cristalizados para as minhas avós e dois presépios em pedra-sabão para os avôs. Que surpresa! Ganhei do Leonardo e do Adriano uma máscara das Cavalhadas, amarela e vermelha, que era um boi com dois chifres, um pouco parecido com um homem. Para retribuir, paguei sorvete para todos.

Carolina pegou a máscara e disse que gostaria de aprender a fazer papel machê. Aline quis parar numa *lan house*. O Adriano a acompanhou. Ninguém implicou com ela, afinal, ela não tinha se recuperado completamente do afogamento de seu *laptop* cor-de-rosa todo *fashion*. O falatório era geral. Meus pais quiseram conhecer uma galeria e deixaram as sacolas comigo. Leonardo e Carolina foram juntos. Puxei assunto com a Alice.

– Fizemos uma dupla nota dez no buraco, não foi?

– Verdade, Samuca, demos uma lavada na minha irmã e no Adriano.

Como uma pescadora de memórias, Alice saiu de órbita e jogou seu olhar para além da cidade, lá para as montanhas.

– Você ficou tão pensativa de repente. Que foi que aconteceu?

– É que vou sentir saudade.

– Também vou, mas a gente pode combinar de voltar nas férias de janeiro. Meus pais vêm sempre. O que você acha?

O sorriso e as covinhas foram uma resposta maravilhosa. Será que um dia eu encontrarei alguém legal feito a Alice? Digo, alguém pra namorar. Se ela pudesse ler meus pensamentos neste momento, estaria frito.

– Ei, agora sou eu que quero saber por que você está tão pensativo. Hein? Um doce pelo seu pensamento!

– Nada, não.

– Como nada, Samuca?

– Nada, oras. São coisas minhas.

– Entendo…

– Você está cansada de descansar?

– Você só pode estar brincando comigo! Adoraria ficar mais uns dez dias. Meu problema é *money*.

– Grana é o problema de muita gente, Alice.

– E falta de grana é o problema de muito mais gente. Chegaram! Finalmente! O que você comprou, tia? Que embrulho grande!

Carolina fez de conta que o seu pacote pesava uma tonelada.

– A escultura de um beijo, Alice, uma escultura em madeira. O Leonardo e eu teremos uma reunião para decidir em que casa ela ficará, se na minha ou na dele.

Leonardo, que também segurava várias sacolas, abraçou a Carolina por trás e falou:

– Ficará na nossa casa, nem na minha nem na sua. Na nossa!

Carolina se emocionou e chorou. Precisou passar a escultura para as mãos da Alice, que, por sua vez, passou-a para as minhas; aí, ela lascou um tremendo de um beijo no Leonardo. Os dois fecharam os olhos para beijar melhor. Eu achei o máximo. Com certeza era um beijo que nenhum escultor conseguiria captar. Só agora, vendo-a fechar os olhos para beijar, sinto que posso arriscar fazer a ficha da Carolina.

Ficha técnica 8

Carolina, 35 anos, amante da poesia, beijoqueira, sorridente e atenta. Não torce por nenhum time em especial. Diz torcer pelo time mais preparado e perseverante. Mestre em Comunicação da Poesia. No momento, faz doutorado em Antropologia. Namora o Leonardo. E o mais importante de tudo: tem duas sobrinhas lindas, Alice e Aline. Destaque para a Alice. Hahahaha!!!

Muita coisa aconteceu desde o dia em que descobri a verdade sobre o Lourival Sensacional. Por isso, preciso fazer outra ficha para o Leonardo, só para eu ficar bem comigo mesmo.

> **Ficha técnica 9 (reformulação da ficha 3)**
> Leonardo, 32 anos, tio legítimo do Adriano, professor de natação e hidroginástica, um apaixonado pela água. Depois da separação, está empenhado em reequilibrar suas finanças. Um cara legal, com um monte de grilos, certezas, incertezas, medos, alegrias, tristezas e esperanças. Acima de tudo, um cara como todo mundo. Torce pelo Palmeiras e pelo Brasiliense. E está caído de amores pela Carolina.

Assim está melhor. Leonardo fica mais com cara de amigo. Tchau, Lourival Sensacional! Puxe o carro! Você é página virada.

Olho mais uma vez para a Alice. Como ela é linda! De perfil ela fica mais linda ainda. O Adriano tem razão. Existem milhares de garotas bonitas que não estão namorando. Não preciso ficar chateado por não ter conseguido ficar com a Alice. O toque de meu celular! Atendo. É meu avô.

– Vô?

– Oi, Samuca, tudo bem com vocês?

– Tudo, vô. E por aí?

– Por aqui também. É que liguei para o celular da Samara e estava desligado. Então, liguei para a pousada e eles me informaram que vocês já tinham fechado a conta e saído. Por isso estou ligando para você. Só avise sua mãe que está tudo em ordem e o orquidário está uma beleza que só vendo, um colírio para os olhos.

– Aviso sim, vô. E dê um beijo na vó, tá? Mais tarde a gente tá pintando por aí.

– Nós vamos esperar. Peça ao seu pai para trazer pão e leite.

– Pode deixar que eu peço. Só isso, vô?

– Só isso, Samuca. Um beijo.

– Outro, vô.

Alice acabou ouvindo a conversa. Aproveitou e também contou um pouco de seu avô. Aline e Adriano deixaram a *lan house* e começamos a nos despedir. Trocamos *e-mails*, telefones, beijos e abraços. Era apenas o fim do primeiro capítulo desta história porque...

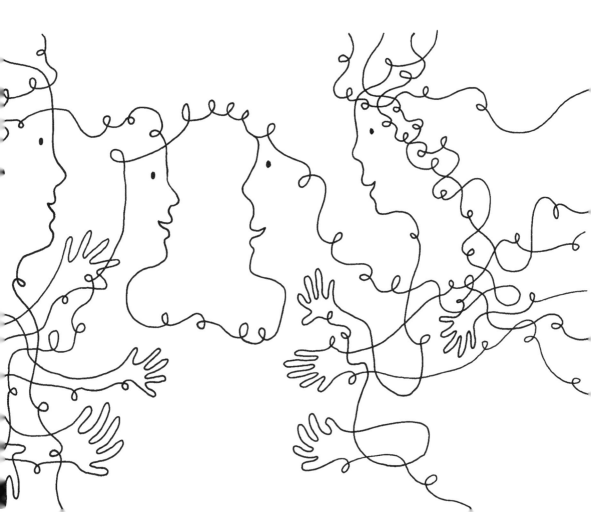

12

Na segunda quinzena de julho, o Leonardo abriu matrícula para um curso de férias de natação numa academia da Asa Sul. Ele disparou um *e-mail* para diversos amigos. Pude ver que, na lista, constavam os nomes da Alice, da Aline e do Adriano. Liguei para o Adriano. Ele topou fazer. Fiquei sem jeito de ligar para a Alice. Ela poderia pensar que eu estava insistindo. Por isso, pedi ao Adriano para especular. Na mesma hora, ele ligou para elas. Só a Aline faria o curso. A Alice foi passar uns dias na fazenda da avó. Que pena! Mesmo assim, continuava animado para me matricular. Era uma maneira de rever os amigos e fazer algo diferente.

Enquanto nada de interessante acontecia e o curso não começava, dei uma geral em meu quarto. Fazia tempo que ele não ganhava uma boa faxina. Antes, uma música. Toda arrumação que se preze tem de ter música alta.

Mãos à obra, Samuca! Retirei de cima da cômoda uma televisão da década passada. Queria um quarto só quarto, sem televisão. Por isso, pedi à minha mãe que desse um destino a ela. Ninguém acreditou. E nem por isso deixarei de ver TV, mas não quero nada parecido com aquela relação de antes. Nada de radicalismos. Nada de tantos amigos virtuais que jamais encontrarei na vida e que nem sabem que eu existo de verdade. Ficarei com uns poucos; senão, morrerei de tédio. É, como diz a minha avó, nem oito nem oitenta: quarenta. Que engraçado, parece que meus pais e avós fizeram uma lavagem cerebral em mim e estou levando ao pé da letra muitos dos conselhos que eles me deram.

Aproveitei o embalo e dei uma batida nos armários e nas gavetas. Havia uns brinquedos de quando tinha 7 anos. Pode? Ajeitei todos numa caixa. Fora isso, enchi duas sacolas de roupas que não tinham mais nada a ver comigo. Pra que ficar guardando roupa que não vou mais usar e que outras pessoas podem aproveitar? A Carolina é muito brincalhona. Em Pirenópolis, ela disse várias vezes que a gente tem de seguir o fio da poesia e exercer o despojamento, o desapego. Foi o que fiz, e gostei do resultado. Meu quarto ganhou outra cara.

Primeiro dia de aula na academia. Coloquei na mochila o essencial: touca, sunga, óculos e toalha. Peguei a bicicleta e fui. Cheguei uma hora antes. Pura ansiedade. Soube na recepção que, pelo calor, a aula seria na piscina externa. Troquei-me e fiquei por lá, enrolando. Adriano e Aline chegaram juntos. Que festa!

– E aí, Adriano? Sumiu? Só porque está namorando?

Aline adorou o meu comentário e apertou a cintura do Adriano.

– Verdade, Samuca, o Adriano anda ocupado demais. É compromisso sério.

– O que foi que você disse, Aline? E desde quando namorar é coisa séria? Que eu saiba, namorar é bem divertido. Desse jeito, não quero mais saber de você.

– Ah! É assim? Só porque seu amigo está aqui, você não vai mais me dar atenção?

– Gente! Não quero ser o causador de nenhuma separação. Mas é que esse negócio de compromisso sério assusta qualquer um, Aline. Melhor você mudar o discurso.

– É isso aí, Samuca.

Adriano apertou a minha mão com estardalhaço e demos um berro que a academia inteira ouviu. Aline pulou para os braços do namorado e o encheu de beijos. Nesse instante, Leonardo chegou acompanhado de uma garota linda. Os dois de bicicleta. Senti o coração bater. Será que ela também iria ter aula conosco ou era só uma amiga que o estava acompanhando? Para minha sorte, ela deixou a bicicleta ao lado da lanchonete e foi cumprimentar a Aline. As duas foram para o vestiário.

– Cara, que gata! Você a conhece, Adriano?

– É a Manu, vizinha da Aline. O irmão dela luta judô, caratê e jiu-jítsu.

– Sério?

– Brincadeira, Samuca. A Manu é filha única.

– Quer me matar de susto? Bem que você podia me apresentar a ela, né?

– Claro. Vou fazer o meio de campo bonitinho.

– Mas nada de fazer brincadeiras sobre a Alice! Entendeu?

– Fique tranquilo, Samucão.

Elas saíram do vestiário. Manu estava usando um maiô amarelo. Na verdade, ela não era tão bonita quanto a Alice, mas tinha algo nela que me fazia estremecer. Precisava parar de olhá-la tanto e disfarçar um pouco mais. Mas como? Nossos olhares se cruzaram. Ela olhou para mim com curiosidade. Desviou o olhar e coçou o nariz. Tudo numa fração de segundo.

Adriano deu um passo à frente e fez as apresentações.

– Manu, este é o Samuca.

– E aí, Samuca? Tudo bem?

– Tudo, Manu.

Aline trocou um olhar suspeito com o Adriano. Ela estava prevendo o que poderia acontecer dali pra frente. Será que a Aline falou alguma coisa sobre mim para a Manu? A apresentação foi muito rápida. Havia outras garotas querendo conversar com a Manu e a Aline.

Não tinha mais ninguém para chegar. O grupo bateu com a lista de chamada do Leonardo. Quer dizer que é Manuela o nome da Manu? Poderia ser Manoela, Manuele ou Emanuela.

Que entrosamento bom a turma teve logo de cara! Estava engraçado, porque compareceram em peso umas cinco tietes do fã-clube do Lourival Sensacional. Elas faziam comentários de cada programa. Papariçavam e elogiavam o professor na lata, sem fazer rodeios. E eu lá, por dentro de tudo, de cada comentário dos programas. Leonardo foi bem categórico, disse que não era o Lourival, mas elas não estavam nem aí. Queriam estar lá, com ele, e pronto. Disseram que fariam um abaixo-assinado e o enviariam para a emissora, tudo para ele voltar ao programa. Leonardo desconversou, mas, pelo jeito, elas não desistiriam tão cedo. A aula voou e eu não consegui mais me aproximar da Manu. Medo ou vergonha? Acho que os dois.

No dia seguinte, quando a aula começou, a impressão que dava era a de que nós queríamos nos sentar e conversar, deixar a piscina para a próxima aula. Como era a primeira vez que trabalhava naquela academia, Leonardo achou melhor arregaçar as mangas e dar uma aula com cara de aula. Manu chegou atrasada, deixou a bicicleta ao lado da lanchonete e correu para o vestiário. Saiu com o mesmo maiô amarelo. A sorte é que eu estava com o Adriano e a Aline. A Manu veio juntar-se ao nosso grupo. Cumprimentou-me com um aceno da mão esquerda. *Yes*!

Depois do aquecimento, o Leonardo pediu para que pulássemos na água e fizéssemos um exercício em dupla. Que maravilha! Adivinhe só com quem fiquei? Com a Manu! Que se virou para mim e sorriu. Pronto! Nossa dupla estava formada. Agarramos a prancha de isopor e tiramos os pés do chão. Estávamos duplamente flutuando, boiando, sei lá o quê. Pelo menos eu, com certeza, estava.

Fomos executando os movimentos que o Leonardo ia pedindo. Não tinha tanto o que conversar com a Manu e ao mesmo tempo tinha. Ela devia ter a minha idade. Duas libélulas voavam, de um lado pro outro, em círculos, acima de nós. Por que será que toda piscina é protegida por uma ou duas libélulas? Leonardo recolheu as pranchas. Ficamos segurando nos braços um do outro. Ela devia estar ouvindo o meu coração, não era possível. Todos ali deviam estar ouvindo as minhas batidas cardíacas. O que devo conversar com ela? Por que os grilos resolvem escolher a hora mais horrível para aparecer? Não, não quero fazer a ficha técnica de mais nenhuma garota, de ninguém. Melhor deixar as pessoas serem o que são. Quero me surpreender com a Manu.

A aula acabou. Adriano me abraçou de lado e fomos para o vestiário. Ele e a Aline sacaram meu nervosismo. Ele ficou me dando a maior força. Joguei uma água no corpo rapidamente e me troquei. Queria ficar para conversar e não tinha coragem. Como pode? Tive coragem de beijar a Alice no dia do show. Qual o motivo do nervosismo agora? Acho que nunca estive tão grilado. Ficava ou não? Nem esperei a Manu sair e voltei pra casa. Não saberia que palavras usar.

Fiquei pensativo o resto da tarde. A noite se arrastou, demorei a dormir. Quando acordei, me lembrava perfeitamente do sonho que tive com ela.

Eu estava sozinho numa cachoeira de Pirenópolis e a Manu chegou. Carregava um embrulho pequeno. Ela sorriu e me entregou o embrulho. Era um doce com uma castanha de caju por cima. Disse que foi feito pela sua mãe. Que sua avó materna nasceu na Turquia e veio para o Brasil ainda criança. Dessas coisas todas eu já sabia de tanto especular com o Leonardo. Acho que foi por isso que acabei sonhando.

– Você gostou? É um doce de semolina. Você não vai falar? Gostou ou não?

– Que companhia mais saborosa...

Consegui o que queria. Ela sorriu com gosto, sem se dar conta de que sorria.

– Estou perguntando se você gostou do doce, Samuca.

– Que companhia...

– Gostou ou não gostou?

Só para mexer com ela, não disse uma palavra sequer. Fiquei mastigando calmamente, curtindo mordida por mordida, olhando lá no fundo dos olhos dela, e depois lambi os dez dedos, um por um.

– Eu gostei, sim, Manu.

Depois, eu peguei o rosto da Manu com as mãos e fui puxando-a para junto do meu. Nossos lábios se encontraram. Fechamos os olhos para nos beijar. Quando os abri, estava beijando a Alice!

Acordei ensopado, com o coração acelerado. Nossa! Bem que poderia ser verdade. Será que estava acontecendo o que desejei que acontecesse entre mim e a Alice? E agora? O que ficaria fazendo até a hora de nos reencontrarmos?

Entrei na internet e senti vontade de apagar todo o meu perfil. Para a minha alegria, a Alice tinha me enviado um *e-mail* bem alto-astral.

13

Oi, Samuca! :-)

Você não vai acreditar no que me aconteceu.

Tão logo cheguei da fazenda da minha avó, o Caio me pediu em namoro. \o/

Ele disse que foi fantástico o tempo em que estive em Pirenópolis e na fazenda. Ele pôde ajeitar todos os pensamentos na cabeça. Agora, o que ele não conseguiu arrumar muito bem foi a saudade no coração. E comigo foi a mesma coisa.

Olhe, Samuca, toda vez que ouvir a nossa música lembrarei da gente. Foi um lance legal o que aconteceu entre nós.

Ah! Ia me esquecendo de dizer: aceitei o pedido de namoro do Caio.

Minha irmã me contou que você e a Manu estão se entrosando. Ela é uma vizinha nota dez. Só tome cuidado com o irmão dela, que luta artes marciais. Sabe, Samuca, quase levei um susto, porque você e ela têm realmente tudo a ver um com o outro. Nem sei como não pensei nisso antes.

E é isso, Samuca.

Qualquer dia desses, vou aparecer numa aula do Leonardo.

Beijos. Smash! Smash! =*

Alice =^-^=

Que legal a Alice me escrever. Quer dizer que a Manu tem mesmo um irmão que luta caratê, judô e jiu-jítsu? Na certa, o Adriano preferiu mentir para que eu não pulasse fora sem ao menos tentar. É, e cá estou eu, filosofando e grilando. Pra falar a verdade, acho que nunca vou deixar de ter grilos, só não quero que eles fiquem no meu pé o tempo todo, dizendo tudo o que devo fazer. Um ou outro deve aparecer, para matar a saudade. E daí? Tocarei o barco, sem precisar mais remar para nenhum grilo folgado e espaçoso. É isso mesmo! Não quero saber de ficar grilado com meus grilos.

No dia seguinte, o sol amanheceu forte. Como só teria aula com o Leonardo à tarde, peguei a bicicleta e fui dar um passeio no Parque da Cidade, como sempre sonhei fazer, só de bermuda e chinelo. Pedalava e o que via à minha frente era o filme dos últimos acontecimentos. O programa "Acabe de vez com a sua timidez", a verdade sobre o Lourival, a viagem a Pirenópolis, o Adriano e o Leonardo na pousada, a Alice, a Aline com seu *laptop* cor-de-rosa, a Carolina e o fio da poesia, as partidas de buraco, as cachoeiras, o carinho de meus pais, de meus avós, o curso de natação e, tudo, todo esse caminho, só para eu acabar de vez com a minha timidez e conhecer a Manu.

Nem posso acreditar. Tudo isso aconteceu para eu estar aqui, pedalando, sem camisa, só de bermuda e chinelo. Era tudo o que eu queria e precisava: liberdade, vento no rosto e um sorriso desencanado, de bobo mesmo.

Acontece que o tempo e o vento se deram as mãos e...

[***]

Passou dia, passou tarde, passou noite, só não passou o cricrilar dos grilos na cuca do Samuca. Veio o sol, veio a lua e os grilos demoraram-se a contemplar as estrelas. E o Samuca na encruzilhada de muitas decisões a tomar. Pra que lado seguir? Muitos são os caminhos. Uma semana, duas semanas, três semanas se passaram. E eis que a roda do destino girou loucamente e desorganizou tudo o que os pensamentos haviam pensado e os desejos haviam desejado.

Samuca ficou uma tarde com a Manu. Duas tardes. Pediu-a em namoro. Juntos, curtiram muitos momentos gostosos e engraçados. O irmão da Manu chamava-se Flábio. É, Flábio mesmo, pois o pai dele se chamava Flávio e o avô Fábio. Juntaram os dois nomes e deu no que deu. Só que o Flábio era um guarda-roupa de tão forte. Um encrenqueiro de primeira. Ele não perdia uma oportunidade de olhar torto para o Samuca. Encarava mesmo. Os dois se desentenderam e brigaram feio. Resultado: Samuca engessou o braço esquerdo e ficou com um olho roxo. Como a Manu sacou que o Samuca andava distante, desatento e já não a beijava com a mesma paixão, ela abriu o jogo com ele. Cada um tomou seu rumo. Sem saber de nada daquilo, a Alice desmanchou o namoro com o Caio. Percebeu que nunca tinha esquecido o beijo do Samuca.

A roda do destino deu outro giro louco e a Manu conheceu o Caio numa balada. A química bateu. E a Manu adorou o jeito sem jeito do Caio dançar. Tudo indica que estão juntos, curtindo as baladinhas e saboreando o pastel com caldo de cana da Pastelaria Viçosa.

Quanto ao Samuca, como não podia sair de bicicleta por causa do braço engessado, ele reuniu coragem e ligou para a Alice. Convidou-a para ir visitá-lo. Que ela trouxesse também a Aline, pois o Adriano também estaria por lá. Samara e Rafael fizeram uma rodada de pizzas. Aproveitaram a ocasião e convidaram o Leonardo e a Carolina.

Quando a Alice chegou, ouviu a música que tocava. O vento trouxe um para o outro. Sobrevoaram muitos mares e voltaram para o mesmo ponto de partida, para dentro do peito. Alice achou o máximo Samuca colocar a música deles no momento de sua chegada. Assim que ela o viu, abriu um sorriso iluminado. As covinhas estavam maravilhosamente lindas! Ele nem pôde abraçá-la demais, o gesso estorvava. Era a primeira vez que Samuca engessava um braço. Já tinha engessado a perna direita, mas nunca um braço. Uma bajulação só. Meu Deus, que falação! Leonardo quis assinar, o gesso. Todos fizeram o mesmo. Saíram as primeiras pizzas. Uma de mozzarela e a outra de atum. Lá pela quinta pizza, começou a guerra de caroços de azeitonas. Rafael disparou o tiro inicial. Mirou Samuca e... pimba! Voou caroço para as quinhentas bandas.

Samara deu um vaso de orquídea para cada uma das convidadas. Rafael e Leonardo falaram de economia até dizer chega. Adriano sugeriu uma partida de buraco. Ele e Aline queriam uma revanche. Alice sentou-se de frente para Samuca. Não havia mais um Caio entre eles. Enquanto ela dava as cartas do vivo, o pé do Samuca buscou o pé da Alice por debaixo da mesa. Ela parou de jogar as cartas na mesa e suspirou. Perdeu a conta e precisou conferir os quatro montes. Nesse instante, Samuca soube que o sinal estava verde para ele avançar. Ele também estava perturbado. E que perturbação boa! Samuca sentiu uma calma tão assustadora e louca, um silêncio tão absurdo, e o mais intrigante: nenhum grilo pulava ou gritava em sua cuca.

Decerto, os grilos não gostavam de amor nem de pizza...

O AUTOR

Claro que, às vezes, fico bem grilado com uma ou outra questão. Quando isso acontece, consulto a minha valiosa bússola ou faço um grande silêncio dentro de mim, para entender a direção que devo tomar. Tudo para ouvir a canção da alma, a intuição. Houve uma época, entre 12 e 20 anos, em que fui muito mais grilado. Encanava com tudo. Era, inclusive, bastante parecido com o Samuca. Dizer que os grilos desapareceram de vez de minha cuca é mentira. Acho até bom conviver com alguns. Eles, de certa forma, me impulsionam para novos desafios.

Já escrevi dezenas de livros e visitei centenas de escolas. Foi este o caminho profissional que escolhi há muito tempo, no início da adolescência. Todos achavam que era tudo fogo de palha da minha parte, quando eu dizia que meu sonho era escrever. Se dependesse de conselhos e opiniões, jamais teria me tornado escritor. Bendita intuição que me orientou o tempo todo!

Moro no Embu-Guaçu, em São Paulo, um município bem próximo da capital. Vivo entre árvores, pássaros, lagartos, gambás, coelhos, macacos e alguns lagos. Claro que a natureza me inspira. E é aqui, nesta terra que aprendi a amar, que quero escrever muitas outras histórias. Agradeço a sua companhia e espero que você tenha curtido as aventuras do Samuca. Obrigado!

Jonas Ribeiro

Impresso sobre papel Offset 90 g/m²
Foram utilizadas as variações da fonte ITC Stone Serif.